晋军新方阵·第五辑

薛振海 著

巨鱼报告

山西出版传媒集团

北岳文艺出版社
·太原

图书在版编目（CIP）数据

巨鱼报告 / 薛振海著 . 一太原：北岳文艺出版社，2017.12
ISBN 978-7-5378-5516-7

Ⅰ . ①巨… Ⅱ . ①薛… Ⅲ . ①诗集－中国－当代
Ⅳ . ① I227

中国版本图书馆 CIP 数据核字（2017）第 324118 号

书　　名：巨鱼报告
著　　者：薛振海
责任编辑：樊敏毓
书籍设计：张永文
印装监制：巩　璠

————

出版发行：山西出版传媒集团·北岳文艺出版社
地　　址：山西省太原市并州南路 57 号
邮　　编：030012
电　　话：0351-5628696（发行部）
　　　　　0351-5628688（总编室）
传　　真：0351-5628680
网　　址：http://www.bywy.com
E－mail：bywycbs @ 163.com
经 销 商：新华书店
印刷装订：山西人民印刷有限责任公司

————

开　　本：890mm×1240mm　　1/32
字　　数：183 千字
印　　张：7.125
版　　次：2017 年 12 月第 1 版
印　　次：2018 年 6 月山西第 1 次印刷
书　　号：ISBN 978-7-5378-5516-7
定　　价：32.00 元

薛振海,男,1970年生,现居太原。已出版诗集《黄昏的练习曲》《爬行者》,著有散文诗及诗集《出售黑暗的人》《火山灰旁的谈话》《恶时辰之歌》。

总　序

张锐锋

　　《晋军新方阵·第五辑》要出版了。这是山西中青年作家作品的又一次集中展示，无论是新方阵的阵容以及题材、体裁，还是作家年龄的层次结构，都充分体现了山西作家绵延不绝的创造力和几乎在各种文学体裁方面的开拓力。

　　这套丛书已经出版了四辑，这是第五辑。每一次从征稿到按照程序评审遴选，我们都是怀着既兴奋又担忧的复杂心情。兴奋的是，我们又要出版一套丛书，并集中检验作家们近年来辛勤劳作的成果，对将要出版的作品充满了期待。但也有一定的担忧，那就是，已经编选了几辑之后，是不是已经难以为继？还能不能选出质量上乘的优秀之作？我们的作家是否还有足够的潜能和上升的空间？事实上，从每年的编选情况看来，这一担忧似乎是多余的，作家们源源不绝的创作，不断为我们带来意外惊喜。

　　就本辑丛书而言，既有我们熟悉的、已经具有一定知名度的作家，也出现了许多新面孔。说明我们的事业薪火相传，新秀选出，佳作泉涌。尤其是在创作形式上，出现了几个明显的特点：先锋性与传统性创作并驾齐驱，各种文学门类花枝繁盛。山西是一个具有深厚文化土壤的省域，不仅在历史上产生了众多风格各异的文学家，也在现当代文学史上产生了具有重要影响的作家，尤其是以赵树理为代表的

"山药蛋派"，开创了独特的、可读性极强、传播力极大的以农村小说为主的现实主义流派，继之，20世纪80年代的"晋军崛起"，又一次成为全国文坛的强光点。值得欣慰的是，今天的山西文学创作，已经呈现出多元并起的文学景观——小说、报告文学、散文和诗歌，以及其他文学体裁的创作，多边突进，打破了小说创作一枝独秀的格局，形成了门类齐备、梯队合理、结构完整、协调有序、面向未来的新局面。其中，一些具有先锋倾向的探索性作品登场亮相，反映了部分作家具有理想主义色彩的新追求、新探索，为现实主义主流创作添写了变奏曲。

俄罗斯作家茨维塔耶娃在一篇文章中谈道："普希金是黑人"。这不仅是因为普希金有着黑人的血统，有着"比钢琴还黑"的眼睛，更重要的是，茨维塔耶娃眼中纪念碑上的普希金发黑的青铜塑像，是"各种血液汇合的纪念像"，"最遥远的而且似乎是最不能汇合的灵魂的交融的活生生的纪念像"，"站立在锁链中间的普希金，他的基座被石墩子和锁链环绕……是为挣脱锁链站立起来的普希金树立的纪念像"，其有着非凡的象征意义。我们感到，眼前的这套晋军新方阵丛书，同样是一个汇合了各种血液和不同灵魂的纪念像，对于山西文学创作来说，同样具有不同寻常的象征意义。它意味着历史传统与现实境遇、才华与潜质、生活积累量与个体创造力，也意味着山西文学氛围的浓郁、创作活跃度的提升和创造力的不断增强，同时也寄寓了文学的无限希望。我们相信，山西文坛将更加兴盛，山西文学创作必将用事实说明，它不仅有光辉的过去，也会有光辉的未来！

2017年12月25日

茫茫黑夜仁留 （自序）

　　对每一个有志于书写诗文的写作者来说，时代是个沸腾不息的镕炉，都渴望投身其中并"消失"，把自身作为一种材料以锻造文学的脊骨。这样，他写下的文字才能以其纯洁性确保对文学的忠诚。从另一个角度讲，写作者都是跛脚巨人，他至少从某一个侧面窥见了时代这头巨兽的真貌，说出了一种令人骇惧的话语。

　　文学需要机缘，一种宿命的机缘，这确保了它神秘血脉的代代相传，而使文学的火种不至于戛然熄灭。2010年底，在北京海淀书城淘到一本研究鲁迅《野草》的书，重读《野草》，仿佛瞬间被电流击到，一种写作的冲动怦然而至。在往后的几天里，陆续写出本书中的几篇。写作就像在地狱中的漫步，只有在一种煎熬中才能渐渐看清远方的地平线，这种激情的烈焰才能越燃越烈，开辟出一条未知的道路。在写作中，一种虚妄又偏执的信念在心底也渐渐成形：我要写属于这个时代的《野草》，重燃其黑暗又混沌的文学之火（现代主义文学又何尝不是靠这种专制的激情与幻觉所推动）。当然，随着写作的不断深入，尼采、卡夫卡、见克特、兰波、阿甘本等虚无的影子都飘了进来并加入了对话，戈雅后期绘画对现实的构型也深深启示了我。我不仅仅要写如《野草》一样的文本，它不仅仅是一种思想与美学的结晶体，不仅仅是幻象——一个时代指向未来的幻象，它还是一簇簇"星丛"，生成未知的黑暗机器。当然，在这个碎片化的复杂时代，这些文本也只能呈现出碎片化的形态，一种跨文体、复调性的文本。

　　一个写作者无法不置身于他无法选择的文学传统。那么，一个当代写作者同样无法拒绝现代主义文学所开辟的"坏血统"：一个个作家都拖着偏执、歇斯底里、自我毁灭、沉溺于痛苦的尾巴，以见证他眼前那个可怕的时代。如果你想从他们的写作中寻找慰藉，那只能是一厢情愿。具体到当代，谁能够信誓旦旦地给我们这些戴着假面具的人类提供一套幸福生活的图景或证明？我们一直处于不幸中，而且这种不幸正随着全球化、极权主义、消费主义、技术媒体等正一日日加剧，走向非人——赤裸生命的非人状态。如果说，现代主义文学之核是黑色的、痛苦的，那么后现代主义文学之核则是白色的、欢乐的，但这种貌似白色、欢乐的文学之核其实更难掩心力交瘁的苦涩。一种难以言喻、又无法分解的痛苦之盐，在文学之中越积越厚，人不得不踏上解体的不归之路，被时代的茫茫黑夜吞没。

　　那么除了见证与思考以外，文学又能够何为？夜已深，除了身旁深浅不一、模糊不清的足迹，我们又能看到什么？

　　是为序。

2017年8月于太原

目 录

告诉你我两手空空，巨人

今天，我第一次发现躺在你脚下的我，两手空空，一无所有。我发现，我如此卑微，如此琐碎，如此渺小，再也难以寻到自己。像一粒尘埃，飘浮在无动于衷的空气里。

我的回忆如此之窄，窄得容不下一个人进出，窄得伸不进一只发青的手掌。回忆之沙由红变黑，由黑再到今天的白，覆盖着薄雾般的纱，后面藏匿着污泥填满的嘴。我再也进不去了，进不去了，躺在冰冷的门槛前。

我的舌苔如此之苦，苦得发不出 句短语，一个音节清晰的词。无数轻骑兵曾在这里聚会，无数精灵曾在这里跳舞。如今，它们纷纷逃匿，只留下一片死寂的沙场。语言的血再也染不红美学的大门，游荡旷野的只是一群鼠目寸光的猎人。

我的视力如此之差，差得分辨不清大地上的蚁王和蚁后。我拼命盯着脚趾看：天啊！它们已肿成一座山，挡住了天空，也挡住了去路。如果有人好奇我的生活，我只能坦白：我依靠废料为生，春夏秋冬，直到永恒！

我的头颅如此之空，空得可以塞下整个世界的棉絮与石块。作为一个勤奋的搬运工，我既不能思，也不能想，昼夜搬啊搬，搬进石块，搬进棉絮，搬进我自己，再把一切像灰色蛋白质一样倾倒掉。世界空空荡荡多么美好，我像章鱼一样总会把它慢慢消化掉。

我的四肢如此之小，小得即使仰视也看不清你的面庞。我不是侏儒，因为侏儒还有健全的四肢；我不是侏儒，因为侏儒还有善于饶舌的伶牙俐齿；我不是侏儒，因为侏儒还有一个高速运转的大脑。而我的一切都被别人出售掉，一勺一滴也不剩！我如此僵硬，如此之小，小得几乎可以忽略不计，小得即使重新出生也再次会被遗忘掉！

今天，我第一次发现躺在你脚下的我，如此卑微，如此琐碎，如此渺小，要求这个世界赶快把他打发掉！

鱼在天上飞，人间尚无人

鱼在天上飞，人间尚无人。那时的我，在泥土中尚能抬起半个头。

鱼在天上飞：发出收割机一样的轰鸣，拖着彗星般的白烟，两侧只剩空空的黑洞，眼去了哪里？从肉里挤出的刺泛着白光，滴下狰狞的血，肉去了哪里？刺像一把美丽又残缺的梳子，要被它拖向哪里？

鱼在天上飞：青春真美啊比不上暮年的我，自由自在如现在与天空一起嬉戏，天空如镜照不见前世也照不见今生，这样更好，正是我的好时机！那时的我，在泥土中尚能抬起半个头，望一望。四周真寂静，只有鱼在天上！像悬挂在空气中的一具具死尸，丢了眼，丢了肉，只剩一把美丽又整齐的大梳子。它在飞吗，它在飞吗？还是早做了空气的俘虏？空气伸出巨大的手掌，把它们一排排摆好供人类瞻仰，而我只有半个头，看不到！

鱼在天上飞：上帝不会命令它下凡，雷霆不会命令它跳舞，只有空气，绝对的空气，命令它游啊游，陪它说话的只有寒冷的小星星。从星辰坠下的灰烬拍打它的脸，击打它的脊背，甚至给它披上一层灰衣裳，仿佛一个个灰凄凄的鬼脸挂在半空。那时的我，在泥土中已昏昏欲睡。百无聊赖中，梦见自己像一具只剩下鱼刺的鱼，像一把美丽又冷酷的梳子在天空追逐着其他鱼群，怎么追也追不上。

鱼在天上飞，人间尚无人，那时是何时？

拒绝哀悼，拒绝成为碎片

拒绝哀悼，拒绝进入服丧的岁月。抬起你年轻的面庞，勇敢地和过去说"不"。是谁带你进入服丧的岁月，是那个不道德的神，还是残破的唯物主义？银行卡叮叮当当，敲击着贫乏的心灵。服丧，服丧，服丧，强烈的鼓点催促裹尸布，把一个个头颅低垂者推向锈红色的祭坛。

拒绝哀悼，拒绝成为碎片。一切坚固的东西都烟消云散了。但你看，太阳从九月的天空滚下来，拒绝奔向虚无的大海，拒绝成为碎片，拒绝把碎片镶嵌的小奖章颁发给每一个陌生的客人。你在碎片中看到故乡了吗？故乡是一个长吁短叹、无面孔的神！你在碎片中看到形象了吗？碎片映照着你扭曲成树状的脸，吞噬着青草，吞噬着欲望，吞噬着更年幼的儿子！你在碎片中看到未来了吗？碎片发出一阵又一阵刺耳的尖叫，始终拼贴不出一张完美的地形图！只有太阳知道，他的热情不会泯灭，意志不会弯曲，在四周碎片徒劳的围攻与呐喊中！

拒绝成为碎片，拒绝在捣碎的肉体上舞蹈，但为生产自我的巨型机器欢呼。与大地重新联姻，签下一桩桩秘密的协议。沿着晨露，急切地奔向一个个新鲜的脚踵，并大声宣告：只有你，为了肯定和超越而存在！

又聋又哑，还需要多久

又聋又哑的跛脚女王今天告诉我一个秘密：

——你必须在又低又窄的天空下提前挖好那个称作"死亡"的大坑，驱赶生命进去，以免除痛苦！

我拒绝。

——死者岂可叠加在生者之上，岂可成为剥削生者的理由！

又聋又哑的跛脚女王递给我一册发黄的经卷：

——牢记其中语句铿锵的文字，它们会赠予你一个镶着金边的未来。

我拒绝。

——生从不会在死掌管的盐碱地萌芽，我只信任今天的朝霞！

又聋又哑的跛脚女王指着压弯了枝头的无花果树：

——你看，生命的尽头多么迷人，花朵只是可有可无的装饰。

我拒绝。

——生命之河滚滚而去，它反对无用的酬劳，拒绝自满的诱惑，只会播撒一路欢歌！

又聋又哑的跛脚女王拨慢疯转的钟表：
——一切都会停下来的，听听你内心欲望的潮水多么高涨！
我拒绝。
——欲望的大海迎接意志坚定的水手，他要打捞的不是鱼群，而是把欲望驯服成机敏的猎手！

又聋又哑的跛脚女王安抚脚边的侏儒：
——侏儒啊侏儒，没有生，没有死，停止生长的心灵多么幸福安宁！
我拒绝。
——在又低又窄的天空下挖啊挖，我要继续挖掘那个称作"死亡"的大坑，把跛脚女王给予的一切全部埋葬。我还要毕生挖掘另一个称作"生命"的坑，因为生命就是肯定，就是唱着欢歌穿越未知的生命之门，迎接创造的阵痛！

是时候了

你说不清是站着还是躺着。原始的街道，原始的人类。站着却移动不了，躺着却被梦魇侵扰。你不缺四肢，不缺头脑，不缺眼睛，缺一把激射而出的弓，缺一个能持续攀登的梯，但烈日不会承认，帷幕后古怪的皇帝不会承认。

你说不清是悲伤还是快乐。悲伤是一层又一层黑色的沙，从头顶倾泻而下，覆盖你的全身，直至空荡荡的嘴巴。快乐是一道又一道漏了气的彩虹，在你周身绕啊绕，要把你装扮成一个无休无止的玩具铺了。你把它们编织成一条怎么也扯不断的发辫，告诉别人，这就是活着的证明。但证明会发酵，一发酵就蒸发得无影无踪。

你说不清是目光如炬还是心碎目盲。你看见肉体穿过一道道窄门，把你也拖曳进去。痛苦被蛇撕裂，流出的不是血，而是尖叫的梅花，坏死的胎儿，摇摇晃晃的火把。太阳从东方升起，你抱着巨轮向西方奔去。你用无法言喻的噩梦绘出一幅幅奇形怪状的风景，遮住了大地，遮住了天空。

你说不清是一头敏感的动物还是陌生的人类。你有你的花花世界，你的一草一木喜怒无常，你已活了几千年只有原始母亲说得清。

你说这个世界只属于你而不属于人类。你说人类的长尾巴还会长出来这个梦想一定会实现。你说每个人的体内都住着无数非人类，昼夜拖着它们狂奔、哀号，谁也叫不醒陌生的人类他只会投怀送抱。

你说不清明天已经来临还是今天已成回忆。今天是一盒被永久冷冻的罐头，你饥肠辘辘地等啊等，伸出细长的脖颈甚至可以到达月球。你像等待童话一样等，像等待戈多一样等。肉体易朽，你要扛着肉体一起等！甚至要跨过肉体扛着死亡一起等！直到明天像一只迟钝的蚕，挪动臃肿的躯体，吐出一缕缕晶莹剔透的丝，虽然它们同样脆弱不堪，同样易朽易逝！

飞翔，像一粒尘埃

我注定变得越来越小，但却无法与你分享。

我落到一个超市员工的肩头："请告诉我变小的缘由?"
"我的生活与你、我、他无关，那些反射着光泽的商品都是我的化身。"

我落到一个保险经纪人的肩头："请告诉我变小的缘由?"
"有梦想就有远方。保险的船只昼夜驮着它们，一艘又一艘，划向前方。"

我落到一个清洁工的肩头："请告诉我变小的缘由?"
"我只有永远扫不完的街道，甚至看不清眼前的道路!"

我落到一个机床工人的肩头："请告诉我变小的缘由?"
"除了轰鸣的机器声，谁又会关心下一刻的自己!"

我落到一个IT白领的肩头："请告诉我变小的缘由？"

　　"我是谁？只有那些萤火虫一样闪烁的代码会知道，它们游移不定，面容模糊。"

　　我落到一个小公务员的肩头："请告诉我变小的缘由？"

　　"仿佛迷宫中已生活了几百年，你说的'我'从未遇到过。"

　　我落到一个白发如雪的老者肩头，他面孔的皱褶深得望不到头，盖满了尘土。还未等我回过神来，他已轰然坍塌，只剩一堆白骨。

　　我注定不得不变得越来越小，注定无法与任何人分享。

巨鱼报告

我是一条误入城市的鱼。

我误游入这个城市，找寻我曾经的记忆、名字和财产。

大街上除了密密麻麻、绵延不绝的脚踝就是脚踝，被一些黑洞洞的大门吞进又吐出来。它们空洞的眼神、紧闭的嘴唇、统一的装束、整齐的步伐令我奇怪。我说等等我，你们要去哪里？它们说去问空气吧！但空气中弥漫的只有葬礼般死亡的味道。我的皮肤日益干燥，气喘吁吁。

狭小的房间床上躺满了疲惫不堪的躯体。无论白天黑夜，他们都不肯闭上眼睑，像是等待什么。如果一定要刨根究底地追问下去，他们还是会摇摇头：我们只是在等待"等待"。等待是死亡随意编织的一个面具，谁也不知晓它无尽的空洞背后到底是什么。我的皮肤日益干燥，气喘吁吁，游动越来越艰难，

有空调的办公室四季如春。这里挤满了目光严肃又冷漠的人群。他们不得不整天蜷缩在这个逼仄的空间。我说你们听说过焚尸炉吗。他们说他们就是制造它的主人。我说死亡被制造后沸腾的气味一定很好闻。他们说挤在一起起码很温暖。我的皮肤日益干燥，已经气喘吁

吁，游动越来越艰难，很难再游到任何地方。

大街旁的餐馆人声鼎沸。什么也不能阻挡人群吞下食物，吞下更多的食物。他们如此饥饿，狼吞虎咽，仿佛已有一百多年未进食过点滴。进食，进食，唯一可信任和明确的欲望！我祈求赏赐点残羹剩汁。他们咆哮道：滚开，你这死亡的信使！死亡面前一律平等，你也等不了几天！我的皮肤日益干燥，已经气喘吁吁，很难再游到任何地方，空气中弥漫的死亡的味道几乎令我窒息！

我是一条误入城市的鱼。

我到现在才明白，我没有任何记忆、名字，更没有一丁点财产。

这个城市的一砖一瓦、一草一木都已经被死神牢牢攥在手心！这个城市的人类永远只有一副永不褪色的面孔，上面沾满了死亡来来去去后湿漉漉的讯息！

致敬，欢乐时光机

致敬，欢乐时光机，唯一黑色的司机是两公升的墨水。他黑色的墨水写不出悲伤，写不出绝望，写不出不安，只能写出欢乐，无尽的欢乐时光。像拒绝阉割的公牛倾泻欢乐的潮水，把他皇帝一样装扮，但他还是会像小丑一样哭泣，躲在阴沉的墨水后。哭泣同样像欢乐的海洋包围他，安慰他，抬举他，拒绝他的泪水无端地向四周稀薄的空气抛洒。

致敬，欢乐时光机，唯一黑色的司机是不能停歇的嘴。黑色的嘴仿佛黑色的侍卫守护他。黑色的嘴说什么已不重要。从黑色的嘴飞出黑色的鸟儿叽叽喳喳，从来不肯入眠。难道它们知晓，入睡的它们将永远不会醒来，才要拼命抓住这最后的时光！这些欢乐的鸟比以往更聚精会神，更义无反顾，决心保卫这黑色的皇帝，虽然空洞的喙已啄不住任何猎物！黑色的嘴，不能停歇的嘴，为欢乐时光机永远加油的嘴，为黑色司机融化心底坚冰的嘴，就像菩萨身旁亲爱的魑魅魍魉！

致敬，欢乐时光机，唯一黑色的司机是两把黑色的欲望手枪。黑夜给了你黑色的眼睛，还给了你两把永远不需擦拭的黑色手枪。你曾在你的葬礼上胡乱放枪，一把枪结束自己，另一把使你复活。欢乐时光机上，只有它们像喜怒无常的贴心天使，还拉着你死死不肯放手，还催促你发明更多的玩具和鬼魂共度时光。矛盾重重的司机，左右为难的司机，欢乐时光机上打瞌睡的司机，你的眼睛能否给欲望的手枪重新上膛？

致敬，欢乐时光机，唯一黑色的司机是黄昏后炸裂的星。太阳骑士盗走你的信仰，却留下太多、太多的碎片给你，还命令你必须快乐、快乐，为欢乐时光机编织永恒的灰烬发辫。黄昏后炸裂的星会给你安装眼睛吗？会给你大理石般的假肢安装马达吗？黑色的司机，为发酵的信仰失眠的司机，既思念父亲又沉溺于母亲的司机，你眺望的星仍然不肯安息，仍然不肯仅仅抛下苦得发黑的碎片，仍然发出阵阵嘶吼：只有欢乐是第一位的！只有分娩的欢乐与狂喜是第一位的！即使头戴黑色的荆冠跑遍失重的大地！

好天气

我是一块冻僵了的冰。既不能融化，也不能蜷缩得更小，因为天气是一样的天气，多年一直是老样子，阴沉沉的，除了冷就是冷。

鹰从头顶俯冲下来，投下巨大的阴影，覆盖了我全身。

"陌生人，该醒醒了，跟着我，飞到更高更远的地方！"

因寒冷我的眼皮快张不开了。"我没有翅膀，能飞到哪里？这地方虽冷，但不失为个好地方，冷得连梦都没法做了，只是反复地睡了醒，醒了又睡，这也算清静。"

狮子从丛林里奔来，嗅到我躯体四周腐臭般的味道，开始抗议。

"陌生人，该醒醒了，跟着我，奔向另一个阳光更加灿烂、暴烈的地方！"

我已闻到体内死亡的味道，因寒冷感到四肢正一块一块地裂开。"没有腿，我能奔向哪里？这地方虽冷，但不失为个好地方，冷得只有死亡派来的魂儿肯与我做伴。虽然我知道，这样下去我再也不会醒来，只会被鬼魂蛊惑着，奔向另一个再也没有人间气息、透明的世界，那浓烈的腐臭也会消失得一干二净！"

一阵不紧不慢敲击大地的拐杖声由远及近而来，是一个盲人。他沉吟半晌，仔细端详着蜷缩在肮脏的泥淖里的我，敲打我的额头，一阵隐约的疼痛。

"陌生人，该醒醒了，跟着我拐杖的敲击声，到另一个人烟稠密的地方去!"

因寒冷我仿佛听见自己的心昼夜发出一阵阵巨大的坼裂声，甚至多年都再也听不到心跳声了。"没有心，我能走到哪里? 这地方虽冷，但不失为个好地方，冷得我甚至感到死亡又何尝不是一个好结局呢! 没有心，我还有什么好恐惧呢? 天堂、地狱都是一种颜色! 况且，你是盲者，能把我带到哪里?"

天空还是一个样，既不转暖，也不变得更冷，阴沉沉的，除了冷就是冷。躯体像被冻得裂成了一块又一块，既不能睡，也不能动，更不能集中心思想一想，将来到底会怎样。

我是人间的一块冰，我的命运（天啊! 现在我还配谈什么鬼命运）、梦想、死亡也都属于人间。无论如何，我不会移动半步，逃到另一个非人间的地方去。现在，我越来越安静地躺着，心如止水，只盼望一个好天气，会送来一阵温暖的风，我就能尽情地融化，以彻底摆脱这快冻僵了的又令人厌恶的躯体，进入到另一个不同的世界去。那个世界总会不同。

温柔之乡，动物为王

我的温柔之乡曾居住着一只任劳任怨的烈犬。它忠心耿耿，起早贪黑，一丝不苟履职尽责，很少有什么抱怨。偶尔它会冲天长吠以示不满，大多数时候都会深埋头于胸前，目不转睛地守护主人的领地。它说，温柔乡里温柔的公主啊，请放心，我永远不会离开你！

我的温柔之乡曾居住着一头鼾声如雷的猪猡。它无忧无虑，不分黑白，没日没夜地酣睡，从未有过任何抱怨。偶尔它会醒来，无非聊聊天空多么蓝啊云朵多么白啊之类的话题，掉头又跳入深不可测的粉色之梦里。大多数时候它都会把头深埋泥土之下，要把嘈杂、不安的现实睡成一块又一块的碎片，像小像章一样挂在额前。它说，温柔乡里温柔的公主啊，请放心，我会永远爱着你！

我的温柔之乡曾居住着一只扬扬自得的猴子。它上蹿下跳，穿戴我的衣帽，涂抹红眼圈，说着人类的方言，二十四个小时，喋喋不休，从未停歇过。它显然有太多抱怨，为何从不停歇？它抱怨为什么没有人类来约束它，甚至主人的影子！抱怨黄昏的夕阳从未落下过，总是一副臭嘴脸！抱怨欢乐的时光如此漫长已经长毛，毛发长年累月燥得难耐！大多数时候它的头都会一动不动竖在那里，直勾勾地眺望远方。它说，温柔乡里温柔的公主啊，请放心，我早就盼着离开你！

我的温柔之乡，查拉图斯特拉的狮子未曾光顾过，婴孩也从未降临过！偶尔一阵狂风暴雨刮过，曾经的猴类失魂落魄。欢迎你，狮子！请驮来喜马拉雅之血，再给不会受孕的大地一个教育！再请驮来昆仑山之火，把温柔之乡的欲望烧个一干二净！欢迎你，婴孩！你在孤独之轮中已等待得够久，忍耐得够久，你的每一声啼哭都是一道闪电，将给嗜睡的头颅铭刻下热烈的誓言！你的每一行奔跑的足迹都是一个热情的肯定，把温柔之乡抛得更远、更远！温柔乡里温柔的公主啊，请放心，我早已开始唾弃你！

温柔之乡，动物为王。温柔之乡，谁会是一场烈火的见证者！

墓中岁月

一寸阳光打在头上，你就会醒。

你醒了，赤条条地。四周冰凉如水。鬼魂们有的窃窃私语，有的猜拳行令，有的滥食暴饮，有的纵欲狂欢。千秋盛世，夫复何求！墓穴浩大，壁上刻满象形文字：太阳始终挂在地平线上，既不能升，也不能降，狂风怒号，人如草芥，密密麻麻，匍匐在摇摇晃晃的大地之上。有人种下一颗头颅，长出一把血淋淋的刀剑。有人撒下一把高粱，冒出一堆残缺不全的肢体。一捆捆嘴被密封在冰冷的柜子里。恍惚的蝙蝠飞来飞去。

你醒了，赤条条地，只能躺在这浩大又拥挤的墓穴里。形似孔子的人问道，不知生，焉知死，你怎知这是墓穴？这鬼戚戚、形似囚笼的沉闷所在，难道会是人间！貌似庄子的汉子闪来，问：至人无己，神人无功，圣人无名，你知道我是蝶还是蝶是我？墓穴里岂会有活物，即使如虫如龘，在这无光的黑暗所在！一状如佛陀满脸横肉的僧人近前道，告诉我你的编号，我重新申请一个，让你出去！谁知道那个新号会存放在三千婆娑世界的哪个柜子里，就如身旁铁柜子里一捆捆堆放的嘴，我拒绝了。黑暗里传来一声浩叹，瞬间又低弱了下去，两滴清泪打在我的额头。

一寸阳光打在头上，你就会醒。浩大又拥挤的墓穴依旧熙熙攘攘，人鬼鼎沸。在这无爱的所在，鬼魂与人一旦结盟，从墓穴里涌出的乡愁便会源源不断地缠绕你，撕扯你，召唤你，你将永久也不会醒来！你将沉降到一个比死更深的深渊下，再也不得翻身！因为值守墓穴的除了已死的鬼魂，还有活的亡灵！

一寸阳光打在头上。太初有道，道就是爱。

哈姆雷特来到乌镇

1. 梦

游荡在乌镇的哈姆雷特摊开双手：给我你的悲伤！但我心中空空如也，除了蠢蠢欲动的快乐。

空气中飘满了手掌。他们一起向你涌来：索取和求救。你推开它们，径直走了进去。

你也有双黑白分明的手，你盯着它死死地看。天地玄黄，万物刍狗，你拥有的只是身旁推来推去的热浪。

2. 谁是哈姆雷特

哈姆雷特曾经是一具昼夜号叫的肉体。

哈姆雷特曾经是一个苦得发黑、眩晕的词。

哈姆雷特曾经是云朵之上的一支小夜曲，只有云朵知道他的秘密。

哈姆雷特曾经是企图占有生与死的痛苦的君王，死亡一次次把他撂倒，生命一次次刺瞎他的双目。

哈姆雷特曾经头枕肉体多么幸福，欲望的潮水拍打着绯红的脸颊，他是目光永远坚定的猎手。

哈姆雷特曾经是莎士比亚的助手，他帮他掀开了欲望的黑闸门并告诉他，骑在头顶狂奔的只有毁灭的猛兽。

哈姆雷特曾经是伦敦街头的小混混，却拥有一个大梦想，只想追上并不存在的黑翅膀。

哈姆雷特曾经是一堆混乱的血，猩红的火炬照亮了今天你既不能弯腰也不能站立的老麻脸。

哈姆雷特曾经是天下所有人的情人，今天却躲在咖啡店玩游戏。

3. 戈多在羊肉馆

戈多津津有味地咀嚼着羊杂碎，搂抱着窃窃私语的小情人，一边咒骂阴雨连绵的坏天气，一边赞美着江南水乡的好风光。我说既然来了就多住些时日吧。他说你认错人了我是土生土长的乌镇崽。我说来这里的人都在寻找你有的已找了一百年。他说见鬼我活得好好的。我说你活着与死翘翘没什么两样，其实大多数人清楚你早就不在了。他说活着是一项多么奢侈的事业啊，我可不想浪费掉。顺手捏了捏情人的小屁股。我说你看看门外的人群多迷惘，不知道如何打发这样无聊漫长的时光。他说人群比你我都快乐，他们只关心尘世只关心肉体不会想太多。我说你看看窗外金桂飘香黄昏多么美。他说美毒死了多少人啊，再给他们披上黄昏的衣袍哄着他们早点入睡吧。忘了寒冷与忧虑。我说你还信什么。他说他不知道，反正不是一些人流窜逃亡到那里寻求庇护的什么鬼逼教。我说这顿饭我买单你难道不想再说点什么。他从怀里掏出一块金光闪闪的骷髅头丢在我掌心，瞬间消失得无影无踪。

4. 试论快乐

一朵花热烈、恣肆、任性、无拘无束地开，当根下的泥土已经腐烂，如何成为可能。

一个人不管不顾地活成一朵花，当四周都是灰烬，如何成为可能。

一个人仅仅成为一堆没有头颅的激情，当脚下全是尸骸，如何成为可能。

一个人等啊等只等到欲望的主人，而他已面目模糊，如何成为可能。

一个人快乐得天昏地暗四季轮回，当肉体已被蛆虫蛀空，如何成为可能。

一个人的快乐变成所有人的快乐，当泪水用来浇灌果园，如何成为可能。

一个人向一朵花学习正义、慈悲、自在的学问，而不得不时刻保持快乐，如何成为可能。

一个人被快乐压榨啊压榨，压榨成一堆黑色的粉末，再快乐起来，如何成为可能。

一个人与一头猪交换使用价值，还必须彬彬有礼快活无比，如何成为可能。

一个人毕生只学会了一项快乐的学问，还必须在葬礼上兜售出去，如何成为可能。

5. 卡利古拉：毁灭的献祭

老板，今天几点上班？

——八点。

老板，今天几点下班？

——八点。

老板，今天几点加班？

——八点。

老板，今天几点吃饭？

——八点。

老板，能否行行好，让我进去？

——这是生产死亡的工厂，请先登记。

老板，可否优先登记？我好不容易轮回转世到这里，你难道不认识我！

——你的皮肤还有一丝余温，不适合这里！

老板，虽然我余温尚存，但四周空空荡荡就这一家工厂，我无处可去，收下我吧！

——除非你已完全僵硬冰冷如尸，否则就如工厂的废品。

老板，我早已无任何用途，只能来这里！

——除非你天生铁石心肠，而你对死亡又了解多少？

老板，自我出生第一天张开眼睑，体温就一天天下降，这难道不是死亡的眷顾与奖赏？

——死亡是不知疲倦的猎手，你如果早一点驯顺地进入它的牢笼，早就符合这里的条件了。

老板，那就把我登记为工厂的废品吧，总有些出售的价值！

——进来。

6. 妈妈，请带我离开荒凉街道

妈妈，四十多年，我们还在这里。房屋依旧，石头依旧，尘埃依旧，喜鹊来来回回传来悲伤的讯息：远方草枯莺绝，荒无人迹，荒无人迹——你的双乳已干涸多时，我吮吸到的只是苦涩、苦涩。它们环绕着我，庇护着我，我知道，你并没有弃我而去。妈妈，请带我离开荒凉街道。

妈妈，你体内曾经滚过的阵阵惊雷呢？它们曾经如一团混乱燃烧的血，告诉我快快武装自己，跟上巨人的步伐，在血与火的轰鸣中把自己的影子涂遍大地。它们曾经如一面年轻、急促的鼓，告诉我大地就是永不肯停歇的原始母亲，从不会吝惜自己的爱和血，只要被叫醒，就永远不要回头，把你与她紧紧浇铸在一起。如今，你的气息日渐微弱，传来的只有喘息、喘息。妈妈，请带我离开荒凉街道。

妈妈，我听到你体内此起彼伏的崩塌声，还有你日日夜夜的长吁短叹。你的双乳坚硬如鼓，再也流不出汩汩乳汁。你的怀抱冰冷如铁，像锁链一样把我们浇铸在一起。你的泪水如一道黑色的溪流，所经之处划下一道道无法愈合的伤口。是时候了。妈妈，请带我离开荒凉街道。

妈妈，打包好你混沌的欲望，打包好你已白发苍苍的苦儿子，出发吧。爸爸已经不重要了，兄弟姐妹已经不重要了，我就是你唯一的种子。这颗种子虽然已经冻僵，但还有一双不肯放弃眺望的目光。谁说远方草枯莺绝、荒无人迹？谁说远方除了远一无所有呢？把你的儿子种下去吧，把他赤条条地交给另一片陌生的大地吧。妈妈，请带我离开荒凉街道。

7. 哈姆雷特，一架疯狂的机器

残山剩水　空余寂寥
一张面庞填补巨大的洞
哈姆雷特

疯狂的机器

痛苦被碾轧成黑色的晶体：

欲望　恶　唠唠叨叨的祷告

一切都是徒劳的

一切都是多余的

一切都是无止境的多

生如蝉翼　躲进

滴滴答答的怀表

死大于生

压榨吧　压榨

痛苦的大西洋

你看到　朝霞

被油乎乎的手掌

一遍遍涂上　肉欲的

色彩

8. 继续淫荡，继续萎缩

贝克特：世界是淫荡的。

O：欢迎来到欢乐时光洞窟。

贝克特：世界是邪恶的。

O：抓紧我的手。

贝克特：世界是膨胀的，更是萎缩的。

O：你的手为什么这么冷？

贝克特：世界已萎缩成一个球，扁平的球。

O：喊我"乳房妈妈"，好好享用人肉筵席。

贝克特：一个空心的球体。请保存好你的编号。

O：一口一口地分享，直到老得再也动不了。

贝克特：我们躲在里面谁也找不到，幸好有编号。

O：直到你也被后来者一口一口地吞噬掉。

贝克特：世界一直在降温，我们还可以继续萎缩，萎缩到一颗谷粒里。

O：别犹豫，敞开怀吧。

贝克特：谷粒是被神遗忘的，可以为所欲为。

O：勇敢一点，把你的肉体压到另一具之上，一口一口吞掉它。

贝克特：谷粒有壳，你没有，可以依附在无所不在的空气中。

O：肉体对肉体不需要道德，毁灭对毁灭不需要道德。

贝克特：空气中有雾霾，雾霾就是另一个家。

O：拒绝分享，等待肉体一块一块腐烂。等待腐烂是多么难挨和无聊。

贝克特：世界终于大同了！世界、人、物合而为一，多幸福！

O:没有主人的肉体，人人可以分享。

贝克特：淫荡的大同世界！欢乐的大同世界

O：咯嘣，咯嘣！

美接近真，幸存者的慰藉

形迹可疑的小径上，行走着形迹可疑的三个人。

第一个人看见倒在前方的"美"僵硬的尸体，抱头痛哭。从此，永远停了下来，毕竟生活在对美悼亡式的追忆中。

第二个人没有停留，背起僵尸径直前行。"你驮的是什么？""我说不清是什么。我曾经为它逗留太久，迷失其中，也许只是一个幻觉。这幻觉形式精巧，令人欲罢不能！"

第三个人绕过僵尸，继续前进。"美难道不是最后的庇护所？""美已结成冰块，在我心底。我只看到前方那莫可名状的混沌与幽暗，在那里，或许会诞生一种惊心动魄的美！"

抱着伤口往前赶

我抱着伤口往前赶。

碰到第一个拦劫者，他说：

——把伤口留下，一起分享，就不再痛苦！

我说：

——这伤口久远的超过所有人的岁月，隐秘得已难以看得清，我不想它上面覆盖更多人类的唾液。

我抱着伤口往前赶。

碰到第二个拦劫者，他说：

——把伤口留下，兑换更多的鬼脸与金币，再给你一个新鲜的肉体，陪你夜夜笙歌，寻欢作乐！

我说：

——这伤口会腐烂，加速腐烂，我不会合谋做一个行凶者！

我抱着伤口往前赶。

碰到第三个拦劫者，他说：

——把伤口留下，给你包裹治疗！

我说：

——这伤口已不可救药！它罂粟一样美丽的毒疮疯长，谁看得清它的面目？

抱着一道伤口往前赶。我要跑得比它溃烂的速度更快，直到一个蜡烛向中心倾倒的山谷。那里，四季分明，人类停止生长；那里，人们以想象力疗伤，用爱浇灌所有笨拙的躯体！

大胆妈妈的车快得谁也追不上

寒冷的风呼呼刮，大胆妈妈的车一路叫卖，快得谁也追不上。

——请问你出售的有什么？
——我出售的儿子叫废物，自生下来就永远长不大。

——请问你出售的有什么？
——我出售的女儿叫欲望，有一颗空荡荡的大心脏。

——请问你出售的有什么？
——我出售的东西叫时间，没有眼睛没有脚，白白养活几十年。

——请问你出售的有什么？
——我出售的东西叫未来，长着死神般的红面孔，堵得谁也出不来。

——请问你出售的有什么？
——我出售的东西叫毁灭，拖着二十四只巨大的胃，在死亡的河流上饥饿难耐。

　　——请问你出售的有什么？
　　——我出售的只有我自己，闪电和黑夜都是我的战利品。

　　寒冷的风呼呼刮，大胆妈妈的车一路叫卖，快得谁也追不上。

乌鸦飞过汾河

一只乌鸦飞过汾河。

一百只乌鸦飞过汾河，一千只乌鸦飞过汾河，一万只乌鸦飞过汾河，十万只乌鸦飞过汾河。

十万只乌鸦飞过汾河，要召唤汾河下沉睡的鱼群。鱼群怀抱孱弱的魂魄，气喘吁吁。

"我的魂魄比你的羽毛还轻，飞不起来，请指给我天堂的方向。"

"天堂就在你的脚下，汾河如镜，倒映万里如画江山。"

头顶乌云翻滚，鸦群看见跬踔臭展的独眼巨人。

"告诉我，比羽毛还轻的魂魄该去哪里？"

独眼巨人噬咬着从其臂膀撕扯下来鲜血淋漓的腐肉，心不在焉。"厌食者失其食，饕餮者啖其肉。我的魂魄早已流离失所，不知所终！"

十万只乌鸦飞过汾河。

十万只乌鸦梦见天堂里朝霞灿烂，烈火熊熊。失败者失其魄，行动者得其食。

七个老妇人和一个小女孩

七个老妇人并排坐，一个小女孩面前过。

第一个说，我已活得够久了，心中盛满绝望的冰块。

第二个说，绝望的冰块日夜击打我的窗棂，幸好我麻木了。

第三个说，鸽子啄醒我的麻木，我必须喂养它们。

第四个说，我还必须喂养时间，这永不瞑目的伴侣。

第五个说，生与死是时间的两个丫鬟。我常常支使死去打杂役，含辛茹苦哺育生。

第六个说，我的花园几乎长满不结籽的稗草，那是死亡的功绩吗？

第七个说，死亡用稗草编织摇篮。摇篮里总会飞进稗草的籽粒。

小女孩一边奔跑一边唱，天使都是泥捏的，天使都是泥捏的，她的眼睛湿漉漉，从来不会躲避我。

拜见大王

千辛万苦，经过重重跋涉，我终于来到赵国。我只是一个信使，此行目的是拜见赵国大王，送达信函。而关于信函的内容我一无所知，就如我对赵国一无所知一样。

赵国城墙雄伟巍峨，城墙上兵甲林立。仅从城墙的高度以及厚度猜测，赵国应该是个壁垒森严的法制国度。城内云雾缭绕，像笼罩着梦魇一般。街上人影憧憧，走了多日也未看清一个人的模样。随风传来断断续续的谈话和问候："今天天气依旧云雾缭绕，正适合做梦了。""李家的狗昨夜偷了吴家的鱼，早该处死了。""王老婆子的三个儿女衣锦还乡回来了，家里修得宫殿一般。"——总之，谈话内容大致都与自己或周围的人有关。因为急于拜见大王，我拦住行人打听大王的消息。奇怪的是，所有人几乎都声称从未见过大王。有的声称他们大王深居简出，沉默寡言，即使碰面也认不出来；还有的声称，即使出来巡游的大王也未必是真大王，因为传说真大王长着一双巨蹼，根本走不动半步，整日待在床上。更有离谱的传闻说，皇宫大王住处深夜常会传出似狼似犬的悠长呜咽，声震京城，百姓惊惧，彻夜难眠。有的百姓乘守城卫兵不注意想逃出赵国，但城墙何其坚固，守卫何其森严，往往还未找到城墙根，就在云雾途中迷失了方向，更别说逃出去了。即使有人好不容易逃到城门口，也会被守卫立刻抓住，杀无赦。

怎样才能将信函送达大王，我忧心如焚。而有关大王的种种传闻同样令我惊惧，看来见到大王的希望十分渺茫。但重托在身，我又怎能考虑个人安危？费尽周折，多方打听，我终于穿越云雾来到皇宫门口，百姓口中的大王应该就居于此吧。守卫铁面无私，拒绝任何人入内，即使我这样的信使。他们声称，虽然他们也从未见过大王本人，但总可以想办法帮我将信函转送大王。因为没有一人能说清大王的长相、生活习惯、性格、嗜好等，像我这要觐见大王的外地人，又怎么可能接近大王！但我有托在身，又怎么可以轻易将信函转交他人！我决定还是在皇宫大门口附近居住下来，希望有朝一日能与大王谋面，亲手呈拜大王。

时日荏苒，寒来暑往，不知多少岁月已从身旁溜过，皇宫墙面漆色还与往日一样斑驳。不同的是，我已年迈，垂垂老矣。腿脚已大不如从前，不仅耳聋眼花，而且常常神思恍惚。我担心即使有一日，大王真从我面前经过，我是否会认得出来。更担心有一天，我因年迈而撒手归西，信使的重托也会付诸东流，愧对肩上所托。

深夜，那悠长的呜咽还会偶尔从皇宫内阵阵传来。日久天长，我早已心无所惧。如今，亲自拜见大王面呈信函这件事仍然每日让我牵肠挂肚，坐卧不安。何时才能见上大王？令赵国百姓口口相传的大王到底是否存在？莫非只是这整个爱做梦的赵国百姓臆想出来的一个幻象？我日日夜夜还是一如往常，忧焚不已。

孤 儿

我是一个孤儿，独自游荡在空落落的星球。

我没有名字，一无所有，谁也不知道该怎样呼唤我。

我曾经有两个母亲，一个叫欧罗巴，一个叫亚细亚。欧罗巴天生一副哲人样，喜欢冥思苦想，整天追问"我是谁、我从哪里来、该向哪里去"一类老问题，终日郁郁寡欢。她给世界起了太多太多名字，却发现没一个合意。亚细亚天生一个小孩相，却有一颗无比苍老荒凉的心。她一生下就悟透了世界的道理，哭过一阵后就变得单纯快乐起来。她认为世界只有一个名字，就是没有名字，怎么呼唤都行。高兴起来叫一朵云，忧愁起来同样是一朵云，她永远躲在世界背后拒绝长大。

两个母亲长啊长，都变得老态龙钟，步履蹒跚。如今，她们来到同一个世界，都不得不张开眼睛，细细打量站在眼前的我——这个同样老态龙钟的孤儿，一无所有的孤儿。眼前的世界已非她们所想，完全变了样。我们像一起生活在一个锈迹斑斑、透明、密封的罐子里，时钟嘀嗒嘀嗒一轮一轮空转，只能听见虚无日日夜夜空洞的呼啸。欧罗巴母亲感到冷，想再给手边的事物起名字。但这些事物比她的体温更低，它们冷冰冰地瞪着她，使她感到无能为力。她感到自己的思想已经枯竭，想不到更能抚慰人心的名字，这使她更忧郁。亚细亚母亲强颜欢笑，稍微快活些，同样感到冷。她还想继续躲到这个冰冷并不友好的世界后，但她眼前的世界已没有半点血色，只剩一具空虚、孤单的壳，犹疑又敌对。她的心更加苍凉。

所以我天生就是孤儿，两个母亲已老得不再可能给予我什么。我只能依靠自己长大、再长大。但在这样密闭又透明的空间，我能去哪里？时间依然嘀嗒嘀嗒在疲软的躯体内轰响。也许再没有这样的时刻了，我感到如此的自由。这一刻，我只想着我自己；这一刻，我只想着一个孤魂该怎样飞，彻底摆脱饥饿与愤懑。

大海从不抱怨太阳的炙热，它奔涌不息只为响应潮汐的呼唤；种子从不抱怨泥土的贫瘠，它锲而不舍的根须一定看见了意志神圣的秘密。

我是一个孤儿，独自游荡在空落落的星球。但我有一个名字，这个名字就是爱。爱是巨大而热烈的形式，盲目、孤独，渴望被填充，并义无反顾地分娩。如今，她就在我空落落的躯体内渐渐扎根，她要越长越大，长出空气，长出河流，长出山脉，长出云朵，她要胀破我那虚弱又冰冷的躯体，冲出这个冰冷透明的空间。

太初有道，道就是爱。

我是一个孤儿，我不再是一个孤儿。

海棠花下谈美

一朵海棠是美的，一枝海棠是美的，一树海棠是美的，一城海棠是美的。此时，你谈论的美到底是什么？

我闻到了麻醉剂的味道，我看见了避风港瘦削、不安的帆影，我听到了花影下死亡的窃窃私语。告诉你，我只看见了一种腐朽、空洞的美：美的热烈之眼难掩苍白、失血的唇，美的轻佻之影难掩茕茕孤立的冷寂。

一种异托邦之美俘虏了你，也俘虏了我。它如此接近，如此轻易，如此具体，要给焦渴的心以安慰，要让不屈的头颅熄灭所有的火焰。它的手指如此冰凉，如此冷漠，无视人间的喧嚣，仿佛从远方飘来的匆匆看客！

李白的海棠一定是孤傲飘逸的浅紫色的，杜甫的海棠一定是满树含悲的深红色的，陶渊明的海棠一定是暗流涌动的纯白色的，王维的海棠一定是充满禅机的无色的。我看见你的海棠满眼肉色，弥漫着末日般享乐、奢靡、怀旧、腐烂的气息。

海棠开了，海棠开了，我听见欲望的器官在无节制地号叫。你谈论的美就像一具没有头颅的躯干，无休无止、无节无耻地生长着，在早已充满悼亡气息的人间，在你与我像人质早已被钉在原地达两个世纪之久的人间。

在如此绚烂、如此沉溺的海棠树旁，我不仅仅要谈论你所谓的美，我要谈论凌空飞过海棠树发出喈喈晓叫的猫头鹰，我要谈论沉闷、坚硬的海棠树下那一只只行动不已的蚂蚁，我要谈论海棠树旁那个越拖越长幽灵似的人影，我要谈论里尔克笔下那个发出凄厉尖叫、永远得不到抚慰的可怕天使。

因为，一种可怕的美已诞生了一个世纪之久！

白夜行

梦似河水流淌，盖住了生，也盖住了死。

命比桃花轻，没有脚，栖居在飘浮的尘埃里。

至少你，还有梦。生的裸体与死的裸体扭在一起，把不甘心推给你，把悲哀绞出苦汁来，浇灌受苦的艺术。

误入世界的人，丢弃我吧，丢弃我吧，把我丢弃到你面前。和风细雨任逍遥，纸人纸马纸江山。我的梦没有一个字，留下一片哭天抢地的白。

白的天，白的地，白的眼睛白的心。多么洁白无瑕的人儿，活在多么洁白的天地。从此，我们可以永久拥抱在一起，只给这白夜说情话，写情书。

但你总会反复醒来，再也无法入梦。呵，这永久的白色光明，你白色的眼睛再也不用苦心寻觅。你这被梦推出门的孩子，再也不用担心梦魔的缠绕。睁开你空洞洞的眼神，吸尽这一览无余的白，可你还是不能进入给你抚慰的白日梦。艳阳天下艳阳照，一片冰心壶中烧。

你看见桃花还是桃花，流水还是流水，梦被天空劈成两半，里面除了白雪就是争执不休的嘴巴。幸好你还可以说，三千里河山，你还可以骑着巨人的梦长大。你还可以把已经潮湿霉变的梦继续枕在身下，装作已经熟睡，装作白夜竟是这样可以说谎就谎。

　　但你这画梦者终于可以入睡了！你要画出白的天白的地，还有比桃花更轻更白的人。你要像尘埃永久游荡在白色的夜空，你看见的梦覆盖着整个世界，无休无止，连绵不绝，足够你长眠不醒——想想，你这幸福的人！

一只鸟寻找一个笼子

卡夫卡曾坚称，一只乌鸦就足以摧毁天空，但天空仍然意味着乌鸦的无能为力。他如果活到今天，一定会写下：乌鸦们早已放弃了摧毁天空的梦想，对它们来说，一个尘世舒适的笼子已经足够。

今天，天空就是一个大笼子。一些宣称热爱自由的鸟类误入其中，剩余的鸟类无论是否情愿，都不得不被这个大笼子笼入其中。

世上并不存在一只鸟所苦苦寻找的天空，它寻找的毋宁是一条绳索。善从来都是恶的代理人，与恶难解难分，令尘世的眼扑朔迷离。

鸟再也无法理解它头顶以外的天空。无数笼子以天空的名义早已在生前就等候它，连同笼子一起赐予它的还有笼中头顶那块永远晴空万里、湛蓝无比的幸福天空。

一只鸟不再梦想未知与自由，它只希冀沉浸在笼中这永无纷扰、风平浪静的酣眠中。

那么，是一只鸟在寻找一个笼子。对它来说，天空太过遥远，虚无缥缈，杳无信息，只有笼子是可信的！

如果仍有桀骜不驯、不肯安眠的鸟执意寻找，那它找到的只有笼子，而且是无数个笼子。这种寻找的徒劳令它窒息和绝望。

一个笼子在寻找一只鸟，一只鸟在寻找一个笼子。鸟与笼，多么完美的合谋，亲密无间！乌托邦（或异托邦）这架陈旧的机器因锈迹斑斑早已被排挤出局，难以吸引鸟儿的注意。或许，笼子就是它们尘世的完美形式。

笼子依赖其中的鸟类来证明其合理性，鸟类以笼子允诺的头顶一片天空抵押了所有的未来。鸟的欲望也被笼子全部没收。

笼子怎样才能废弃并失效？除非一只鸟不再做鸟，并拒绝认领天空作为它的梦想。这也许是逃离笼子、获得自由的唯一希望！

与理发师的一次交谈

"进来吧,把一切不祥的预感、阴郁全部捐弃吧!"
"理发师能否剪去心底一茬茬疯长、不结籽的野草?"

"我不仅要剪除那些稗草,还要剪掉正一圈圈扩散、桀骜不驯的毒瘤!"
"但正是毒瘤迫近并闯进了一个新世界!"

"我不仅要剪除毒瘤,还要剪去那些沉溺在幻象光芒中死胎的长睫毛,让它们永远迷失在无光的黑夜里。"
"但正是死胎哺育了毒瘤,给它描绘了一幅美丽的异托邦。"

"我不仅要剪掉死胎的梦想,还要剪除那些想入非非、春风荡漾的欲望,给现实蒙上安宁的面纱。"
"但没有欲望的世界多么死寂!欲望曾轻轻拨弄婴儿的发际线,教导他爬出盲目的襁褓!"

"我不仅要剪去混沌的欲望，还要剪断持续发炎的脐带，让母体生活在无忧的纯洁中！"

"但母体多么渴望听到新儿子嘹亮的哭声啊！你看，大街上的人群谁能丢掉服丧的面孔？"

"进来吧，就让我清洗你疲惫、蒙尘的躯壳！"

"一起祝福吧！野草、毒瘤、死胎、欲望、母体！让哭声更嘹亮！"

一个人苍老以致变形

　　一个人苍老以致盲目。你看他，像一堆无用而空洞的器官，堆积在并不受欢迎的大地上。没有人能喊出他的名字，因为他压根就没有名字，更不配拥有一串闪闪发光的名字。那些名字令他羞愧，只会让他变成一堆更加无用更加神经质的器官。他盲目地活，靠在死亡黑暗的背上，一阵风就能使他摇摇欲坠，使他永远忘记自己的名字。

　　一个人苍老，像一块永远停歇下来的石头。那么多的脚踝踩过他的背，因为他们只相信一个真理：欲望！而他既不相信昨天——昨天是一道冉也无法愈合的伤口。也不相信今天——今天是一张永远化脓、不断溃烂的背。但他无法不相信未来。未来的他，不再是一块只会积攒力气为恶时辰计数的石头，他将努力仰起他的头，直到有一张张满的弓，射中他。

　　一个人苍老，像一阵没有结果的骤雨。雨水有故乡，而他没有。雨水像节日，像他年轻又丰腴的母亲。但他注定是一阵暴烈而无结果的雨，注定为了毁灭而跃入激烈下坠的道路。雨水的尽头是哪里？他早已与母亲斩断联系，早已与身边的彩虹作别。他只是一阵没有结果的雨，只下在今天，下在冷冰冰的街道，下在悄无声息默默忍受屈辱的头颅上。

　　一个人苍老以致变形。你看他，就像个怪物，只剩下一堆空洞而反射出惨淡光线的器官。他把人唤作兽，把人间唤作地狱，把天空唤作一架嘎嘎作响的绞肉机。他原本梦想做一粒飞来飞去的尘埃，现在却把自己装扮成了绞肉机旁威风凛凛的天使。老天！他就是这个无穷无尽变了形的工具，就是这个既不能生也不能死只会昼夜哀号的无头躯体！如果你是他，会给他一个怎样的吻？你又会怎样扶着他，让他站直，立正，重新梳洗？

伤口：告别

　　我是居住在伤口里的客人，既不是唯一也不是最后的客人。一批批人匆匆而来，匆匆而去，只有我留了下来，好像已居住了几个世纪。

　　这道无法愈合的伤口，像信仰的黑色投影，给其中的人提供了说不清缘由的庇护，但从未有任何允诺。但在此住久的人也必会染上说不清缘由的疾病：乡愁无法治愈它，白云无法治愈它，面包无法治愈它，但丁的贝亚特丽采同样无法治愈它。伤口里的一切都是病的，而且会继续眩晕、昏迷、溃烂，越来越烈。

　　伤口就像一只黑色的笼子，倒悬半空。看不到天空，看不到轻盈的飞鸟，看不到令大地战栗的闪电，只有令人窒息、黏稠滞重的空气。我也许早已长成了一道伤口，一道既不会冒烟也不会沸腾，只能不断加速冷却、冰冷的伤口。

　　但我必须告别，与这道无形的伤口告别。否则就会被它吞噬，消失到虚无的阴影里。

　　我必须跃出这道深渊，逃离它。幸好我不断冷却的伤口还会结痂，还能感到疼痛。

伤口以外的天地会让我活着吗？至少，八月的毒太阳会让大地冒烟会让我活着，周围踽踽独行的幢幢灰影会让我活着，倔强开放的蒲公英会让我活着。我不会忘记黑沙一样倾泻——伤口里的日子，我还会记录下铭刻在肉体深处隐秘的新伤口，我会更加热爱与朝霞一同升降的每一次心跳。

在一切枯竭处，必有一次重生。

萤火虫与鬼魂的谈话

一只萤火虫在灰黑的荒原上独舞，被鬼魂撞见，十分诧异。

鬼魂：你知道这是什么地方？还要跳舞！

萤火虫：这不是地狱的边缘吗！

鬼魂：还算你明白！你为什么不返回人间，那里莺歌燕舞，欢声笑语，多么喜乐啊！

萤火虫：我正是从那里逃出来的，决不冉返回！

鬼魂：这倒奇怪了，从未听说要逃出人间的，除非你本就不属于人间。

萤火虫：你这永远待在地狱的鬼魂，对人间又能知晓多少！

鬼魂：我虽不属于人间，但听多了人间的传说。那些来地狱报到的同类们，大多是被押送过来的，还从未听说自愿的。

萤火虫：但现在不同了！人间早已今非昔比！还会有更多的同伴

会逃出来。

鬼魂：我才不信呢！你要知道，地狱除了暗无边际的黑与恶，什么也没有！我也早厌倦了这里，只是没有任何地方可去啊！

萤火虫：你对听闻的人间背后的喜乐又了解多少呢？地狱是恶的深渊，人间曾是爱的乐园。但现在，现在，人再也不会爱了。他们只会像蛆虫一样整日紧盯着自己的嘴，紧抱着自己柔软滑腻的壳，在腐烂的肉里你争我抢，爬来爬去。他们也不知道要爬向哪里。也许是一个更多美食更多安逸更多阳光的地方吧。

鬼魂：但我能听到从人间传来的夜夜笙歌，是多么欢乐啊！

萤火虫：那更像一座无边无际巨型监狱里无望的哀号！痛苦像无法驱离的驼子日日夜夜伏在每个人背上，强迫他们必须快乐，必须快乐，直到有一刻魂儿出窍！所以，大多数人也许早就丢了魂，不得不在房间、大街、办公室、车站、酒吧、泳池、公园游荡，而一直找不到逃离人间的出口！

鬼魂：那你来到这地狱边儿，是决定与我做伴了？

萤火虫：人间如地狱！我既从那里逃出，又怎么会加入你！

鬼魂：我听说天堂里到处是流淌着蜜汁的河流，人们丰衣足食，相濡以沫，你为什么不去那里？

萤火虫：天堂是上帝存放私人财产的地方。像一座落满灰尘、黑漆漆的大仓库，空虚又寒冷。我并不相信，那里会有人的迹象。

鬼魂：那你为什么来这里——人间与地狱的边界，在这同样人迹罕至的荒原独舞？你究竟要去往哪里？

萤火虫：我哪里知道！我只知道，生命的根应该始终扎在人间！我只是暂时逃出来罢了！在这人与非人的地带，或许我能更清醒地回望人间。来这里的人，应该早已捐弃任何希望了，但希望又何尝不正是从无所谓希望的所在生根发芽呢？

　　鬼魂：——所谓地狱，不过是人间的另一幅惨淡的面容罢了。人虽似时明时暗的烛火摇曳不定，毕竟有光就有生命——而地狱却是反人间的所在——

　　萤火虫还在晦暗无边的荒原独舞。那时明时暗、闪烁不定的光亮一直跳跃着！

麻袋里的星星依旧在喘气

推开窗户天就亮了，但你身下的麻袋，星星依旧在喘气、发酵、霉烂、冒烟——

这就是两千年来，你一直哭泣的缘由。这就是你日日夜夜锻造镣铐，最终囚禁了自己的秘密。

因为怯懦，你从未迈出大门。你从脚下挖水、种土豆，养活营养不良的嘴和胃。你从花开鸟鸣中索取诗意，你从炊烟犬吠中寻找安慰。但天一直阴沉沉从未放晴过，你从未看见过星星在歌唱。

因为麻木，你从未迈出大门。你被宠物一样养着。你是一个发明家，你发明各种眼花缭乱的学问和把戏讨主人欢喜，你发明各种玄妙的刑具供同类嬉戏。血就是你的信仰，你如此坚定和耐心，世世代代建造一座血光之城，而你只是一个健忘的工匠。但天一直阴沉沉从未放晴过，你从未知道星星会跳舞。

因为虚伪，你从未迈出大门。你在屋子里建造更多的屋子。你假装屋子就是所有的天地。你假装哭了，用泪水装饰墙壁和屋顶；你假装笑了，屋子里升起绚烂的骄阳；你假装怒了，躲在屋子里打造棍棒刀枪。你在屋子里徘徊复徘徊，从呱呱坠地到须眉如雪，你始终不肯长大，犹如婴孩。但天一直阴沉沉从未放晴过，你从未想到星星会思考。

因为冷漠，你从未迈出大门。门外狂风怒吼，雨雪交加，你冷若冰霜，从不知道泪水的黑与白；屋内灯火通明，温暖如春，你笑靥如花，苦心孤诣主子的道德文章。你一出生就老了，老得再也挪不动半步。上善若水，水如隐形的河流滋养着一颗阴郁的心，你形容枯槁，心力交瘁。但天一直阴沉沉从未放晴过，你从未体验过星星的快乐。

推开窗户天就亮了，但你从未迈出大门。头顶群星闪耀，掷下黄金与欢笑；四周群狮咆哮，把两千年的诅咒撕成了碎片。只有你，身下的麻袋，星星依旧在喘气、发酵、霉烂、冒烟——

妈妈，请把煤块放上我的背

　　妈妈，请把煤块放上我的背。今天，我就要出发。

　　妈妈，请把更多的煤块放上我的背，我将驮上它们寻找我的故乡。故乡因我的馈赠一定笑得合不拢嘴，我将在她温暖松软的泥土之上幸福地昏睡三天三夜。

　　妈妈，我的背因为虚无岁月的敲打已似硬弓，请加上更多的煤块。这沉重的负担反而使我更快乐，赐予我一种更轻盈的自由。我将驮着这些煤块回到你朝思暮想的故乡。

　　妈妈，把那个佝偻人叫来吧。我将与他分享世人早已遗忘的秘密，一种被奴役的秘密。被尘世蛛网完全束缚的苦役使他们拒绝了故乡，故乡对他们来说就像遥不可及的浩渺星辰。他们宁愿毕生啃食尘土，在肮脏的尘世永久长眠。

　　妈妈，把那个侏儒也叫来吧。他为了逃避义务一直躲藏在生病的蛹中。他心怀仇恨，不吃不睡，永远不肯长大。世界在他眼里就像一面徒劳的镜子，他瞧着里面翻跟头的自己咯咯咯地笑，就是不肯挪动半步。

　　妈妈，再叫来那个瘸腿老人。我要和他详细讨论，讨论这些煤块该运往何方。他像个未老先衰的科学家，时时盘算一丝一毫的利益。他宁愿半途而废，把煤块全部倾倒进自己的壁炉，他的故乡就是眼前燃烧的熊熊烈焰，虽然他还是时时感到冷。

妈妈，往我背上加上更多的煤，让我尽快踏上一个人的孤旅吧。只有煤才能使我感到自由，所有的沉重一扫而光。我想更快地回到故乡，故乡什么模样却毫不知情。我只想在她松软温暖的泥土之上幸福地昏睡三天三夜。

第二夜晚

多么丰盈之夜，多么贫乏之夜。

星星不再是星星，投射着惨白刺目的光辉；石头不再是石头，残留了多少腐浊不堪的污迹；人不再是人，逃离了"世界之夜"，进入一切时间消失后陌生的国度。

报废人陷入比时间更荒凉的沉默。沉默像沙砾铺天盖地落下来，使他瘫痪。他抱着浑身淌血不止的伤口，坐在无边孤寂的旷野。

"如果是夜晚，夜晚一定比这里更亮或更暗，不像现在，到处茫茫晦暗，既看不到闪烁的灯火，也听不到动物们的哀号。"

"难道已无一物存在，除了我。"

他自言自语。

"那么现在是什么时候已不重要了，因为看不到丝毫人间的迹象了！"

四周暗哑无声。他想，他一定是最后之人了。他想起了一句诗："谁能用自己的血，弥合两个世纪的脊骨"，就悲伤了起来。一个多世纪了，曾经多少年轻的血，都没能缝合人类破碎的脊骨。那些血、头颅、喉咙前仆后继，无辜地抛洒，无辜地风干，如今一切都未能留下丝毫的印迹，像他自己一样被抛入这无边无际的沉默中。

　　而他就像个病恹恹的孩子，是否早该放弃那破碎的脊骨？他坐在无边的虚空里，既听不见大地咚咚咚的心跳，也看不到任何不合时宜的血迹，更没有一扇可以眺望的牢房似的窗口。这虚空也许就是他永恒的居所，胜过他年轻时用鲜血混乱涂抹的充满希望的光明之眼，这使他安心了，沉静下来了。

　　想到这里，他大声唱了起来。

　　歌声犹如穿过破裂的笛孔，向四周扩散开去。

　　这歌声既没有绝望，也没有希望，如一条缓缓流淌的河流，把自己的命运抛向茫茫无垠的远方。

竞　赛

　　我在旷野漫无目的地走。星星一颗叠着一颗，像美丽的手掌在前方招摇。

　　"你要走向哪里?"身后传来熟悉的声音。

　　"我去哪里，与任何人无关。"我凛然。

　　"至少，有我陪着你。你可以不在乎目的，但总会有一些出走的理由，比如信仰，比如爱，等等。如果你不需要它们，就全部抛给我们吧!"

　　心骤然收紧，多么熟悉的腔调。只有死亡才有这样决然的口吻。我回头，身后黑压压的影子，面庞模糊，正是它们! 从我身上出走的——死亡的影子!

　　它们与我同样在路上，只是我心中迷惘，两眼模糊，而它们却意志坚定，目光锐利，目的明确——就是从更多的生者身上盗取更多的生，然后押往死神那里!

　　"你看，你还能从我这里拿走什么? 在我空空荡荡的裤管之上，除了风刮过的声音，除了我对你们的同情之外。"我人笑。

　　"至少，你还有信念一类我们早已抛弃的东西吧!"

我黯然神伤。是啊，信念！我几乎想要号啕大哭，在这空无一物的旷野。已经有多少时日了，五年，十年，一百年，我再没有搭理过它了。它们曾经燃起熊熊烈焰，陪我走了一程又一程，而从未像现在这样寒冷过，像纸鸢一样在这旷野摇摇欲坠。

　　"信念是种子，早已在我心底扎根，谁也休想攫取它！"我凛然而答。

　　经过凄风苦雨磨砺的信念，一定比铁砧更沉重，在心底更深地扎根吧。如果它有意志，也应该更加坚定，因为只有死亡一个对手了！

　　我漫无目的地走，但我必须加快步伐。

　　这是一场竞赛。一场生与死的竞赛！我必须超越身后那些死亡的影子，以免它们从我身上盗走更多的生！我必须像星星一样，摘下美丽的面纱，加速地燃烧自己。或者，让信念的种子加速成长，长成一艘巨轮，义无反顾地奔向那个目的！

黑色的幸福来自彗星

　　此时，母亲一边用梳子梳理着我密布全身的毛发，一边抱怨：你为什么不肯长大，不肯长大。长大后，我就可以不用再苦役般日复一日地给你梳理毛发、讲故事了，你也可以随便去哪里了。

　　自出生，我就再也没有生长过，也从未闭过眼睛。母亲为了哄我入睡，年复一年地重复着单调、乏味的故事：有两把剑，一把叫苦涩，一把叫幸福，它们日夜搏斗不休，谁也不肯后退半步。因为它们等待一个新主人的到来，但这个主人到底是谁，来自哪里，谁也没有一丁点消息——

　　我之所以不肯入睡，是因为在我心里也有两把剑，一把叫苦涩，另一把还是苦涩，它们也昼夜搏斗，搅得我心神不宁。所以，一出生，我就天天躺在母亲怀里，张着眼睛，望着长空，梦想一把来自彗星称作幸福的剑。只有它可以平息一切，并把我带向金色草原，让我快快长大！

　　如今，母亲已日渐苍老，她浑浊的泪滴打在我毛茸茸的脸庞以及僵硬的躯体上。她说，也许从来不会有一个什么新主人，因为两把剑一直就在一座孤岛上。

讲到这里，她已眼睑低垂，睡意蒙眬，口齿模糊。我知道，我也是该入睡的时候了。只有在睡梦里，那把称作幸福的剑才会降临。有了它，我才可以骑着金色马儿，奔向金色草原，披风沐雨，快快长大！

雨 点

　　谁说我没有重量，谁说我没有名字，谁说我没有父母，谁说我没有四肢，我在空气中颤颤巍巍地行走，我没日没夜地走啊走，只要一丝风就可掳走我的身躯，令我无影无踪。

　　看啊，我的故乡就在空中，我的父母早已双亡，我只有一双病态的脚踝裸露在空气中，所以你们可以看见我！

　　如果我也有故乡，那一丝一丝吮吸我的空气就是我的兄弟，那些一边哭泣一边解开衣裳的雨点就是我的姐妹。但你们看不见，他们瘦得只剩下骨头，他们穷得只剩下喋喋不休的咒骂，他们胡乱地把自己悬挂在空气中，好像每天都是节日一般！

　　我没日没夜地走啊走。

　　我希望火焰就是我的故乡。我将与它合二为一，一千遍地亲吻它，一千遍地捶打它，把所有的愤懑与悲伤全部抛给它，把所有的血肉与真理全部还给它，直到我消失得无影无踪，直到灼热的火焰中重新升起一个黑得发烫的穹顶——

　　我希望泥土就是我的坟墓。在故乡一遍遍苏醒之前，我像一道黑色的闪电滚落到人间。我依然是一个纯洁的儿子，我依然是铁匠巨斧下那一个无法融化、亮得耀眼的梦，我依然赤足奔跑在无边无际的旷野，因为雨点就是生死之间那一个天然的行动者！一个永远不会消失的反抗者！

发明家

  我已活了上千年，谁知道又是多久呢。草木枯荣一茬又一茬，从眼前一闪而过。我的躯体还是老样子，僵硬如废弃的旧弓，一翻身就吱吱嘎嘎乱响，但我还是一如既往地慢腾腾地挪动着，不知道到底向后还是向前，向左还是向右。时间是一面破碎的镜子，谁也看不清碎片里的样子，却又沾沾自喜，以为获得了新生一般。

  蜜蜂飞过我的嘴边，嘲笑道，你这死物，几千年才挪动了这么一截，不像我每天在太阳的两头飞个来回。你这样下去早就荒废掉啦，不如和我一起飞吧！（飞，又能飞到哪里，像蜜蜂在一个巨大的循环轨道，我并不乐意这样，但我又能发明些什么呢?）

  蜘蛛爬过我的嘴边，冷笑道，你这死物，还是别再想着法子前进啦，瞧瞧你的历程，上千年还在这里，仿佛又回到了原地，不如跟我一起织网狩猎吧！（前进的旅程已经令我心力交瘁，我的躯体已经不再光鲜如初，我不希望滞留在原地，等待一些莫须有的转机。就是因为几千年我走走停停，进展才这么缓慢。我太缺乏一颗意志坚定的心!）

  鹰停伫在我的嘴边，张着一双迷离的眼，冷言冷语。你以为前进就一定会抵达某个远方吗？远方除了远只是废墟一片。我已飞过那里又飞回来了。那里除了孤寂的寒冷还是寒冷。鲜花一盛开就迅速枯萎，太阳一升起就迅速被拽回地平线，根本没有人的影子！还是和我一起，积攒积攒力气再上路吧！（生命就是个大废墟，如果我停下来，只会从目前的垂死状态迅速腐烂、瓦解，更快地消失掉。我之所以上千年一直垂而不死，就因为我是一个发明家。在时间这面破碎镜子的照耀下，我不断发明各种玩意儿，比如鲜花，比如爱人，比如诗歌，比如一些莫名其妙供我演算来演算去消磨时光的定理。我还会发明些什么呢？不然，怎样度过以后的时光!）

一个类人形状的生物走了过来，它一手提着头颅，一手握着本破烂不堪的书，说道，你还是继续前行吧！你只会重复我的老路。我早已放弃了从这片死亡之海一样的废墟中出逃的念头，我已失去太多，只留下了这副残缺不全的皮囊！（它一定洞悉一个发明家的全部秘密，不然也不会垂而不死一直残存至今。看看它失去了多少啊！不但放弃了信仰，还放弃了发明，只是把这一路形形色色的见闻记录在一本破烂不堪的书页间。它一定知道自己行将解体，一定不愿太多的后来者再重复它的老路，但谁又能证明这就是真理呢？我只知道，它仅仅是一个伴儿，我仍不得不前行，不得不从这垂而不死的废墟中冲出去，即使身后的鲜花迅速枯萎，即使身旁的爱人只剩下叹息，即使诗歌中只飞翔着一些无头的鸟儿，即使那些没有解的定理仍然在我耳畔喃喃哀求。谁知道，我又会发明出一些什么呢？谁知道，我还会收获一些什么新头衔呢!）

与卡夫卡大甲虫的谈话

　　世界是个大地洞，你的甲虫与我待在暖洋洋的洞穴里。它偶尔会嘤嘤呜呜地哭，说不清原因。你说，你是个孤儿，被抛弃了，无处可去，只有这洞穴。我说，洞穴也不错，有空调，有下水道，还有二十四小时的保姆随时来换尿不湿，还会定时喂我们，保证饿不着，直到我们开心地睡去，不会像饥饿艺术家沿街去卖艺。你说，你担心洞外有人或兽类来捉我们。我说，你纯粹神经官能臆想症。这世界所有东西都闲着自己找乐子，与我们一样只会待在自己的洞穴里，哪有兴趣去理你。我们都是大甲虫，都会嘤嘤呜呜地哭，都恐惧外来人。安心地去睡吧。

　　你说，还记得有一道圣旨，需要去办。我说，圣旨算个屁，老子也会拟圣旨，而且文字流畅通俗，不像你那样叽叽歪歪。你说，这是必须完成的任务，否则会受罚。我说，皇帝老儿也许早死了，谁还有闲情逸致想起惩罚你。你说，我从未拆过圣旨，不知道内容到底为何。我只知道必须去送，送达某个地方。我说，那也许只是皇帝老儿与他的臣民开的一个随心所欲的玩笑，何必当真，当你飞越重重关卡，世界早已改朝换代。你说，圣旨还缝在贴身衣袋里。我说，听说那老儿早就死了，难道是另一个借尸还魂，还幽灵似的待在那里。你这小小的甲虫，安心地去睡吧。

在流放地，半夜，你嘤嘤呜呜地哭起来。你说，这个世界真寂寞，这鬼地方，除了鬼影连说话的人儿也没有。我说，在你原来待的地方，还有那架巨大的机器需要你侍弄，有它听你倾诉衷肠。这地儿不一样了，因为所有人都在流放之途，除了他们的眼泪，就是他们寂寞、仇恨、愤怒的分泌物：比如打打架、骂骂街、画幅画、搞个小发明之类的。你说，我还是怀念以往的时光，毕竟有事可做，无论是谁指派的，虽然我也在那架机器上干了不少不可饶恕的坏事。我说，在流放地，有太多的事要做，又好像无所事事，毕竟那么多的指令还在等待我们，只是我们各做各的。不同的是，你当时侍弄的是一台大机器，他就是你的主人，现在我们全世界的甲虫们联合起来共同侍奉一台大机器，谁也没见过主人的影子，也不明白那些指令到底来自何方。我们一边忙，一边游荡。我们虎视眈眈，一腔仇恨，满腹牢骚，却又找不到发泄的地方。或许身旁同样游来荡去的鬼魂就是我们的观众。还是安心地去睡吧。

你说，会有人来审判吗？我说，谁才知道，上帝更像个浅薄的三流学者，不然为什么只会惩罚他不知道的事情！你说，我还是担心他会派黑色天使按我们下地狱。我说，地狱里早就挤满了全世界中产阶级观光客了，轮不到我们。你说，今天，上帝更像那个无所不能的超级程序员，掳走了我们所有，包括我们贫乏的大脑里那点贫乏的蛋白质。我说，他更像无所不在的超级病毒，不然，我们就不会不得不在这空荡荡的星辰间漫无目的地游荡了。还是安心地去睡吧。

你说，乡村医生并不是你的理想，你的理想是当一名从天堂来的人间土地测量员和观察员。我说，世界就是一道越长越长你我跃身其中的大伤口，根本无法愈合。你观察到的只是你身上的伤口而已。你说，人间就是驯兽场，虽然眼睛已被染黑，你还是希望摆脱罪恶。我说，谁也不能幸免，因为我们都在地上，地上有地上的幸福，也必有它的罪恶。我们再也无法成为一道来自天堂的闪电照亮兽类的光，但我们可以成为肮脏的尘世一把晃动的火把，照亮眼前就够了。你呜呜呜地哭了，眼泪滴在脚踝下冰冷的沙地上，立刻被无数一拥而上的蠕虫一抢而光。它们目光阴郁，意志坚定，团结一致，我们显然不是对手。你说，如果我把世界抬进纯洁、真实、不变中，那么这只是幸运而已。我说，美并不能拯救一切。看我们伤口汩汩流淌的脓血，究竟会把我们冲向何方。你说，所谓希望只是人间的踌躇而已。我说，所谓绝望应该就是兽类的信仰而已，因为我们还有一双脚。安心地去睡吧。

对一个泅游者的观察

一、水、火、泅游者、彼岸对应的分别是深渊、尘世、主体与弥赛亚。

二、泅游者为什么会来到水中？水是尘世的象征吗？不，水并不属于尘世，此岸尘世是火，深渊是水。泅游者由于难以忍受火而把目光投向水。水是尘世和彼岸之间的过渡地带。

三、泅游者从火逃向水。水作为原始的渴望与力量从出生就在召唤他。水中的他是幸福的！虽然不得不忍受难以言喻的孤寂、痛彻心扉的冷、无能为力的徒劳。从火逃向水，既是主体的一种诗意行动，又是一种回归，一种向死亡和虚无的回归。

四、水作为虚无的消解性力量，给予泅游者酣畅淋漓的快意时，同时带给他一种无法容忍堕落的悔意。泅游者不可能再回返到尘世之火的煎熬中，只能把目光继续投向远方毫无征兆的彼岸。

五、泅游者不得不向前游啊游。彼岸不仅仅是他的皈依之地，而且属于尘世众生的皈依之地。一个脆弱的个体，能够凭借什么泅游到彼岸呢？神说，人只是他脚下绞索的一个死结。

六、从茫茫无边的深渊跃向彼岸，这是神的声带发炎的时辰，是神的目光难以投射的黑洞，是神在安息日痛不欲生、三缄其口的空白。彼岸又是什么呢？谁又能抵达彼岸呢？

七、弥赛亚是一团火！尘世之火是热烈的，弥赛亚之火是冰冷的。弥赛亚，永远难以接近的火焰，既无所指，也无能指，无名的燃烧，无名的跳跃，并投射给泅游者一个模糊在天际的映象。它永恒地占据着那个位置，谁也无力驱逐！一群笑着的人会说：看，弥赛亚！一群哭着的人还会说：看，弥赛亚！

八、弥赛亚：一团空洞燃烧的火焰！一片既没有翅膀也没有脚踝的赤裸之地！它时刻等待着泅游者去填充它！

九、每一个泅游者的心中都驻留着一个弥赛亚。一千个泅游者就有一千个弥赛亚。尘世的伤口冒着黑血，从切断脐带的那一天一直流淌到今天。你有无名字不重要，重要的是，尘世的黑框不断夹出脓，挤出血，把你推向弥赛亚。

十、泅游者的信仰只是一个词，词就是道。正因为弥赛亚不存在，泅游者才坚信它存在！它就像一朵越燃越亮的空虚的火焰，烧黑了自身，烧红了泅游者眼中的彼岸！

残　剑

这是一把在尘埃中躺了太久、太久的剑。

因为不屑，太阳的余光落在它陈旧的躯体之上，再也反射不出半点光亮。它宁愿锈蚀日复一日吞噬掉自己。

在这个无名的时代，它只配成为一把无名的剑。

它曾经热烈地渴望一个主人，靠近它，握紧它，彼此热烈地交谈，激进地行动，好让它聚集更多太阳的光华，在世界的躯体上铭刻更多的寓言。

但只有一阵又一阵的灰尘落下来，盖住了它的眼睛，它的手臂。所有曾经热烈的话语，渐渐冷却，渐渐归于沉寂。

无名的时代，只配拥有无名的剑，一把只沉迷于酣眠与死亡的剑。曾经的热望被锋利的剑刃一遍遍刺穿，一遍遍无声地陨落于四周沉寂的尘埃里。它咬紧牙关，不再渴望，只盼速朽。

因为不屑，它开始拒绝。但拒绝成为尘埃，拒绝与无声无息的尘埃融为一体，相拥而眠，一起腐烂。在它已经锈迹斑斑的剑柄处，还刻着：

一个速朽者，已经被无限填满。

炸裂吧，小人儿

我躲进洗衣机，洪水劈头盖脸地冲下来。我洗自己将要掉光的黑头发，洗难以张开的双眼，洗怎么也迈不动的双腿。我千辛万苦地洗啊洗，怎么也洗不净蜷缩在一个角落的泥巴心。我对它说，你有你的头脑，我有我的理，但我要一直洗下去！

我躲进面包机，那些光晃得我怎么也张不开眼，它们烤我已经发馊的早餐，烤我已经发焦的午餐，烤我已经凝固的晚餐，还向我索取早已不再年轻的心。我对它们说，你有你的光，我有我的理，瞧瞧，世界千变万化，我的心还冒着蒸汽！

我躲进电冰箱，那些风呼呼呼地吹，不分昼夜。它们要我跺跺脚，要我深呼吸，要我把自己变成一个冷若冰霜的冰激凌皇帝。我说，你有你的风，我有我的理，我偏要做风里的君王，虽然已经年迈，只剩一颗不停战栗的心！

我躲进下水道，头变成冰冷的大理石，臂变成坚硬的立柱，那些污秽物为我镀上了一层铜墙铁壁。我拼命喊啊喊，好像还活在中世纪，还用一副怀旧的眼神打量着逼我下跪的混浊物。我对它们说，你有你的无奈，我有我的理，我偏要认贼作父，每日冲洗锈蚀斑斑的心！

我躲进电脑里，披着五颜六色的衣裳，与那些亡灵小人儿手拉手，唱啊唱，跳啊跳，我佯装一个无脸男孩，听不到骨架一边走路一边发出吱吱嘎嘎的怪响。我一件件取下它们，安抚它们好好陪我走路，好好爱这个世界。我对它们说，你有你的家，我有我的理，你有多少副像我一样其貌不扬的面孔啊，其实我了解你的全部秘密！

噩梦降临

当织梦人一起欢呼，庆贺梦境终于完成之时，也是我离开之时。

我的寓所像一座孤岛，被织梦人的梦境包围。朝窗外望去，除了重重叠叠、绕来绕去的梦和欢呼声外，什么也看不见。我的悲伤汹涌，像一件又沉又重的黑大衣，包裹着我。梦境完成之时，也是噩梦降临之时！

而噩梦是什么，织梦人和我都蒙在鼓里。我只是感到，完美的梦境像一堵密不透风的墙，将织梦人和我重重阻隔，连呼吸也像老旧的风箱，呼哧呼哧地一上一下拖着长音。

那些织梦人该欢呼了！从此，他们可以一劳永逸、高枕无忧地沉入梦乡去了！从此，他们再也不必费心思量，担心梦境太浅太薄，总是忧心忡忡、唉声叹气，日复一日地织梦了！从此，梦境就像一床保暖的棉被，永久地覆盖在他们孱弱、苍白的躯体之上，把风霜雨雪全都驱逐到门外了！织梦人就是梦境真正的主人了！梦再也不会如一张大网，随时张开血盆大口去惊吓他们了！

主人也是孩子！他们会像婴儿一样被牢不可破的梦境呵护、喂养，再像一只小甲虫被宠着、哄着，最后跌入甜蜜、安宁的梦乡。

但愿他们会沉睡不醒！

但一旦醒来，发现他们全被梦境捕获，连呼吸也被没收，只剩一具赤条条的躯体，恐怕将再也难以入眠！

窗外织梦人欢呼之时，也将是我离开之时。我将只留下我的眼睛、我的嘴巴、我的双臂、我的双腿，只带走一个空空如也的头颅。头颅多像一个被废弃多时的量具，被我小心翼翼地抱着。它除了能够继续盛放噩梦，还能放什么？但我能去哪里？除了继续寻找采集梦境的主人，除了哀求它放我一马，还能怎样！

扫梦人

——献给尼尔·盖曼

　　"扫梦人离去了，扫梦人离去了——"

　　大街上一片嘈杂，人们一边焚烧着什么，一边奔走相告，传播着这个振奋人心的消息。

　　"扫梦人离去了，永远地离去了。"人们再也不用担心他蹒跚、佝偻的影子夜夜在每个人的梦境来回穿梭。他闪着寒光的铁帚扫走了恋人唇齿间的呢喃，扫走了失业管道工胸中的咒骂，扫走了母亲抹在女儿面庞之上的忧虑，扫走了你升职后按捺不住的狂喜。在一些人嘴里他是噩梦的使者，在另一些人眼里他是派发正义泡泡糖的义工。

　　总之，扫梦人离去，真正的噩梦降临了。

　　从此，时间的指针被紧紧钉死在那个高不可攀的点上，指针"咯噜、咯噜"时刻在我们的头顶轰鸣，但它再也不肯向前挪动半秒。

　　从此，昼与夜只是一种颜色：惨白！我们再也无梦可做！被扫梦人永远抛弃了！像人质被扣押在时间封闭的地牢。春天的布谷鸟一边泣血一边发出饥饿的哭号，火柴盒里的老虎哀求鼠类赏赐多多益善的纸币，城市带空调的焚尸炉用骨灰堵住每一个蠢蠢欲动的躯体，垃圾场上空盘旋的猫头鹰夜夜笙歌庆祝自己王国的过早来临。

而无梦可做的时辰啊，除了被死死捆缚在冰凉坚硬的床板之上，一阵又一阵发出恶臭的腐水从躯体之上流过，一阵又一阵暴躁、愤懑的脚步从躯体之上踩过，一阵又一阵诅咒和哀叹统统倾泻到躯体之上，还能经历什么？

　　无欲无色的煎熬！你躺在无名之地，只能发出灰一样的呼喊，书写灰一样的文字。而扫梦人立场坚定，爱憎分明，铁石心肠，绝不回头。

　　而无梦可做的时辰啊，也是最难以苏醒的时辰！这些被抛弃的人，似乎有着永远难以消解的憎恨与决绝，要在这无梦的时辰永远沉睡下去，直到白化作黑，直到黑重新带来安慰！

　　"扫梦人离去了，永远离去了。"谁能唤醒你，谁能把老虎、春天、焚尸炉、垃圾场一齐塞进你空荡荡的怀里，告诉它们还有另一个响亮闪光的名字；谁能告诉你醒来后，还可以迎着光继续吟诵：一切不仅仅是纯粹的矛盾，还有滴着露水的玫瑰——

织梦人

　　朋友S几十年来一直坚持记录每日梦境，日积月累，达一百余篇，名《画梦录》。我说，你的梦仍是现实的残余，给世界覆盖了一层密不透风的披风，因你增添了这层安全的盔甲，你就再也看不到那个真正的织梦人了。他说，我不知道世界除了这些梦，还有什么！

　　但我自出生以来，就从未做过梦。即使有梦，梦境也一片惨白，除了低沉嘶吼的风、冻僵的动物匍匐在冰冷的水泥地上，一无所有。

　　因为我一出生就老了，老得再也做不动梦了。只有永远低垂的地平线、永远铅灰色的天空、永远悬挂在地平线上方一动不动打瞌睡的夕阳、永远低沉嘶吼来回穿越的风。

　　每天做梦，每天画梦；再做再画，往往复复。世界就这样被梦包裹了一层又一层，仿佛除了梦一无所有。梦太沉太厚了，重重压在世界冰冷的躯干上，软弱的人们正好怀抱美梦，沉睡不醒。

　　在狂风怒吼的冰河旁，我遇见了那个赤身裸体、没有面孔的人："众人沉睡的岁月里，你却独自吞噬那些梦？"

　　"是啊，至少我还有事可做，能做有益的事！"

　　"梦越来越多，天越来越阴沉，地平线越来越低，就你一个人？"

"我痛恨那些梦，飘来飘去，黏稠又沉郁的梦，挡住我的视线，我的思想。只有尽快吞噬掉它们，才能看清周围和世界的样子。"

但我可以轻易挣脱并甩开那些梦，因为我不会做梦，不需要它们，它们至多像无头无尾的空气。

但我，还是需要一个梦！

我情愿做个织梦人。虽然我同样赤身裸体，一无所有，身边只有低垂的地平线、打瞌睡的夕阳、低沉的风、冻僵的动物。

我要把虚无织进虚无的梦里，用虚无之丝继续烘烤那既不能上升也不能下降的夕阳，告诉那些冻僵的动物们，该醒醒了！

我要用仅有的忠诚和爱，继续浇铸那些被旧梦腐蚀缠绕的头颅，告诉他们我还有勇气继续用余温尚存的手指编织新的梦之衣。虽然那上面沾满色彩斑斓的咒语，但也有我的血和呼吸。我知道，有一刻，也许我错了！

我只是一个普通的织梦人，但我坚信，这梦里却有我们共同渴望的礼物，所以我还在空无一人的冰河旁昼夜织呀织。

与梦对话

烈日一簇一簇射到地上，嗞嗞嗞地响，大地像快要被点着了一样。我趔趔趄趄地前行，碰见一老者。

——你的梦在哪里？

他说，我的梦早已织成坚硬的盔甲，等死神来取。

我继续前行，碰到一中年人。

——你的梦在哪里？

他说，我的梦正在超市售卖，还有其他人的梦。

前行，碰到一个年轻人。

——你的梦在哪里？

他说，我从未与梦谋面，也不知道还有像你一样的采梦人。自我出生，就赤条条地一无所有。我从不相信梦有什么用处，只相信眼前这个透明冰冷的世界。

前面水泥地上，趴着一个婴儿。

——你的梦在哪里？

他哭了。我的梦被太阳烧焦了。但我还有新的梦，会在夜里出生。它们是一群光头小强盗，要远离这个世界，重新占山为王。山上有所有的武器。

烈日黑色的箭镞，快要烧焦脚下的土地。在这极光明的时刻，大地的额头滚烫、眩晕，渐渐发黑，像麻风病人梦见自己的前生。前方有一个蒙面的老妇人，沉吟不语，哼着梦一样的谣曲：

金子？银子？牛肉汤织成一个梦，

所有梦织成一条宽广的道路，

所有道路的交叉口，

镶嵌着自由和爱的嘴唇。

还你拐杖？还你拐杖。

第四次醒来

我已活了几千年，重新醒来。

——题记

我第一次醒来时，鸟在耳畔清脆地鸣叫，四周弥漫着兽类浓烈刺鼻的尿骚味。流水潺潺，雨点偶尔打痛我光滑的前额。河流又上涨了三尺，流水包围着我潮湿的躯体。我必须醒来。我闻到了迷人的花香，同伴拽痛了我的耳垂，我必须把自己交给躯体旁的一切。因为我就是它们，有着同样美丽又令人厌恶的肉体，有着同样富有又令人感动的视觉、味觉、触觉，等等。天黑了，我的躯体就黑了；天亮了，我的躯体就亮了。

我第二次醒来时，知道自己不是一朵花，不是一片云，也不是一块冷漠的石头，同样不是一头蠢蠢欲动的野兽。我就是一个人。一个赤身裸体又情意绵绵的人，一个看到自己比周围的石头高出三寸就想哭的人，一个看到一片云消失就疯狂追逐的人，一个把香气浓烈的花朵掩埋进深深洞穴的人。找一大大长高、变老，天生有记日记的习惯，令世界厌恶的人类习惯。那些文字和我的年龄一样古老，总有一天将会变为一堆令人尴尬的灰烬。不过，人类就是与这一代代灰烬相伴相守，变成一堆粉末的。我的感官越来越丰富，却又越来越雷同，随着岁月流逝也越来越迟钝。那些日记都像是同一个人写的同一天日记。有时我怀疑，写日记的人一定有什么难言之隐，不然为什么会杜撰这些卷帙浩繁的日记呢？人与其他类的区别，或许就是留下一堆堆自我陪伴、自我安慰的文字了。

我第三次醒来时，已经被深深埋进泥土里，无法动弹。看得太多，我几乎失明；想得太多，我已心碎。我已放弃记日记的坏习惯，以沉思冥想度过不多的时日。耳畔的鸟雀嗓音喑哑，无精打采。兽类不见踪影，全遁入远方的山冈。雨点还打在我无动于衷、冰凉的前额，心中涌起的只有丝丝缕缕恨意。我是谁？谁又是我？四周只有一些飘来飘去、转瞬即逝的影子，只有一些嘈嘈杂杂、含混不清的声音。我唯一能做的只能是把内心冥思苦想的东西画成一幅幅枯燥、单调的图像。那些既没有眼睛也没有嘴巴，只有一个空荡荡回声的头颅无力地低垂着，好像穿越了无数个世纪，已经气息奄奄，连最后的遗嘱也不肯吐露。那是我的自画像吗？我不能确定！我知道，我存留与否在尘世已经不重要了，只有那些影子就足够了。这些自画像还在执拗、倔强地存在着，时而沉默寡言，时而喃喃自语，就像我生前最后的日记一样。

当我第四次醒来时，不知岁月流逝，又过了多少时辰！泥土将要没过我的头颅。四周一片茫茫，什么也看不见，除了模糊的回声。头顶落满了兽类、鸟雀层层粪便和早已风干不再呛人的尿液。如果有花朵，那些无名的花顽强的根系一定已深深扎进我黑暗的躯体内；如果有雨点，那么雨水浇灌着我空空荡荡、混混沌沌的头颅，一定要催促我再长高三寸。雨点与泪水混合在一起，哗哗哗地流淌，浇灌着千年不变的平原。我内心澄明，恨意全无，只有一团黑色的火焰还在时高时低地燃烧着。"你看到这黑色的光明了吗？那些驯顺的人类一定有福了！"这依靠死尸般腐烂的现实滋养的黑色的光明，它仍旧围起一道似隐似现的光的栅栏，就浮现在我躯体的四周，像一头将要诀别尘世的猛兽，用鲜血最后涂抹出它灿烂的领地！我知道，还有什么将要发生，不论分娩或降临。因为这么多重重腐烂的材料已足够供养它，这么多的诅咒已足够它坐卧不安，这么多的祝福已足够它重新诞生一个痛得发黑的信念！我爱！因为我曾经沉睡，又重新醒来！我爱！我一定还是你唇边那一朵一直钟爱、燃烧不熄的火焰！

在途中

　　这架马车颠颠簸簸，已在茫茫黑暗中行进了一百多年。车夫一言不发，看不清面容，静坐着。与其说他注视着前方，不如说仅仅注视着脚前一块巴掌大的地方。马车上载着不同肤色、不同方言的十多名客人，像待宰的牲畜，被运向莫名的远方。

　　"到底要去哪里?"

　　"我哪里知道！反正我们已启程一个多世纪了，我的任务只是赶车收费而已。"车夫嘟囔道。

　　"至少应告诉我们一个地名吧，虽然你未必去过。"

　　"那问问赶路的马儿吧，它们或许知道！"车夫揶揄。

　　马儿或许知道。茫茫黑暗或许知道。前方除了黑暗还是黑暗，连丁点儿车辙都见不到。客人们开始一路不耐烦地埋怨天气，埋怨颠簸的马车，埋怨偷懒的马儿，埋怨无知的车夫。他们虽然相互埋怨着，却好像压根儿听不懂彼此的方言，只是徒劳迷惘地比画着。我突然想起来，他们（包括我）都压根儿从未抱怨过自己搭这趟车的缘由。我们要去哪里，为什么恰恰会赶上这趟马车，没有人说明。

　　黑暗里，客人们无法彼此打量对方，只有耳旁微弱的呼吸如蝴蝶的翅膀闪动着，会感到黑暗迫近面庞时的一丝温暖（我有面庞吗？一百多年了，我已忘记了自己的模样。况且镜子里除了黑暗的影子还是影子）。

"夜色多美啊，怀里至少还有夜色，但多么令人厌倦的夜色啊！"

"我的孩子们一定会记起，他们的父辈（如我们）在探索一项多么宏伟的事业啊。至少我们已出发一百多年了，没一直待在原地不动！"

"还有这瓶百年香槟，我们爱情的见证者。除了有关爱的回忆，我找不到任何待在这鬼地方的理由了！"

"至少黑暗可以抚慰我们，给沉睡者一个体面的借口。不然又能怎样！"

"前方是否有猎物，至少可以一边狩猎，一边打发这漫漫旅程！"

客人们七嘴八舌地议论，车夫冷若冰霜，心如磐石，依旧一言不发。

"至少应该编个莫须有的地方吧，你毕竟有经验。"

"我十年、五十年、一百年前就曾想过，应该到达目的地了，但前方除了黑暗还是茫茫黑暗。"车夫慢吞吞地自言自语。

黑暗说：我是太阳，你是星星，你应该永远待在我的怀里。

黑暗说：你太弱小，我太苍老，你永远不需要长大。

那么，所谓光明必定是黑暗的幻象了。尼采曾在永恒回归的途中踌躇不前，却把骰子掷向虚无中狂怒暴躁、啼哭不止的婴儿。因为黑暗除了可用作点燃黑暗的燃料外，只是废料一堆。在某一刻，它仿佛一个赌注，被孤注一掷抛出黑暗之外的赌注。只是这一刻，黑暗才交出了它缄口不言的权利，像噩耗一样传开。

这架马车颠颠簸簸，在茫茫黑暗里行进了一个多世纪。是时候了，我纵身一跃，跃入无边的茫茫之中。

这一刻，我又回归到我的自由中。像黑暗一样自由又美丽，没有任何人能说得清缘由。

秘　密

　　从星辰掉落的碎片一次次地击中他的后背、头颅和膝盖。他艰难地往前爬着。如果说，他的目的地在前方，不如说深藏在心里。爬，就是希望，就是对绝望的呵斥，就是逃离绝望之网的凝视和捕获。

　　希望远在天边，像模糊闪烁的星辰，照耀着他，也照耀着沉默的众人，高悬头顶。绝望的锤子一遍遍地击打着旅程中的躯体，千疮百孔，伤痕累累。

　　因为希望（希望就是伦理或形而上的形式吗）始终在前方召唤，而且不会像绝望之网那样只会捕获他，给他早已备好一副看不见的镣铐。所以说，永远无法抵达的旅程是幸福的！这是希望女神迟迟未转身的缘由，也是绝望之手何以世世代代不遗余力编织的网越来越密，与希望女神和解的秘密。

　　而爬行者如何挨过漫长、乏味的旅程，恐怕只有与魔法师订立契约了。魔法师从创世之初，就从上帝那里窃取了太多太多的秘密，包括语言、艺术、宗教，等等。而对魔法师来说，那些秘密因上面落满了岁月的尘埃，他也仅仅能窥到其上模糊的反光或看到一些模糊的幻象而已。

亚洲铜，苦儿子的觉醒

亚洲铜，亚洲铜，

烈火中的面孔，匆匆，

一闪而过。

沉睡千年的苦儿子，

你到底，为了什么。

狼烟息，旌旗如焚。长空漫卷，红彤彤，除了血雨一无所有。

你就出生在南山下。如一株流淌着苦汁的青草，舔吮着母亲干瘪的双乳。

腰间挂着西北风的汉子，赠你一口嗜血的宝刀。你还未来得及试手，鲜血已如梅花溅满了昏暗的天空。这时，他们叫醒了你，你有了第一个名字：血。

从南方来的女子，纤纤玉指，织锦如画，给你画上柳叶眉，给你安上弥漫药香的心脏，你还未来得及跑出家门就昏倒在充满肉欲的床帷前。这时，他们叫醒了你，你有了第二个名字：雨。

你如此迷恋泥土。因为你只有一个故乡：泥土。不像从西方来的那些偏执、痛苦的苦儿子。他们照自己的样子，用泥土捏成花草树木、飞禽走兽，然后他们就追啊追，追不上就哭啊哭，然后再捏。他们捏的东西盖满了整个天空，那些东西陪他吃啊、睡啊、唱啊、跳啊。他们没有名字，因为有太多名字。因此他们一生下来就痛苦，因此他们一生都在捏啊捏、长啊长，从没感到老。

而你，似乎从一出生就不打算长大。或者说，一出生就老了。老得昼夜吮吸母亲干瘪、枯竭的乳房，而不想离开家门半步。你说，你的出生就是为了消失，消失回归到原始母亲永恒的怀抱中。每时每刻，守护她的秘密，谛听她滴滴答答的脉搏，吟唱她的忧伤，她的叹息，她的欢笑。从你的头顶飘来一朵云，你会哭泣，以为那是你的衣裳掉了；从你的手掌下钻出一粒新芽，你会歌唱，以为那是你的又一个儿子降生了。从未打算睁开眼睛，天地为床情为衣，你睡着的时候更自在。虽然，从头顶飘下的都是血雨，血时断时续地染红了你的面庞，你的眼睛，你的牙齿，但你就是倔强地不肯醒来。

我虽然也是你的好兄弟，但我们却有着不一样的坏血统。当西方的苦儿子们再也无物可捏纷纷离家出走时，你还固执地躺在母亲已经僵硬如冰的躯干下，不肯翻身。母亲的病躯已经风干，被岁月豢养的蛆虫蛀空。你仍然哭泣，固执地歌唱，但你的嗓音早已变调，从你唇下飞出的音符像空气，一冒出就消失。

如今，东西方的一对苦儿子，终于来到同一片天空下。我们终于看清了彼此相似的坏血统，我们终于看清了从烈焰中匆匆出逃的亡灵们就聚集在身后。你还在幻想。幻想母亲会重新醒来，用苦涩的手掌堵住你苦涩的嘴。她还会搅动那些发黄的歌谣，把你拉入无人安眠的梦境。但你的性、你的命却早已被一场又一场的血雨冲刷得无影无踪。

我们如两具孤魂野鬼，游荡在焦躁不安的旷野。我们彼此打量着对方空荡荡的皮囊，沉默无语。欲望的潮水仍在躯干内混乱地奔突。我们终于一无所有了，我们终于可以看清彼此了，我们终于可以一起出走了。但我们还有泪水。躯干里还涌动着模糊不清的爱。爱就是行动。只有行动会重新给我们安上一颗大理石般坚定的头颅，会重新命令我们长出永远前行的脚踝，并命令身后那些从烈焰中逃出的亡灵重新集合，汇成一股奔涌不止、势不可当的洪流：

　　亚洲铜，亚洲铜，

　　烈火烧尽了主人的细腰，

　　和你，青草般的宿命。

　　沉睡千年的苦儿子，

　　终于来到你的舌尖聚集——

迷 墙
——"我只是墙上的一块砖，用什么填补剩余的空间"

我徘徊在迷墙的边缘。

迷墙这边是人间。觥筹交错、狂歌痛饮的夜宴，没有头颅的人群举杯狂欢。另一边，传来兽类阵阵不安的长啸。

这没有尽头的迷墙，不知道将通向哪里，却是人间的屏障。而人间就是身旁灯火通明、喧嚣聒噪的仙境。肉体一排排陈列着，汹涌着，没有回忆，没有期待。唇与唇爱恨交加，再也击不出闪电。游荡于肉体之间的除了无边寒冷的孤寂，还是孤寂。

我曾经沉醉于迷墙另一边兽类的世界。想象那些始终匍匐于黑暗中的兽一定也拥有自己的天堂，拥有自己的奇花异草、玉树琼浆。我把心中的困惑石头一样抛了过去，并大声质问，告诉我，你们的天堂到底在何方？但从那边传来的仍然只是兽类们阵阵狂啸后的呜咽与悲鸣——

我徘徊于迷墙的边缘。在这狭小的空间，既无人类也无兽类的足迹，只有望不到头的迷墙，隔断了天空的铜墙铁壁。

迷墙是人与兽的分界。而所谓天堂也许就是迷墙两边的狭长地带而已。在这里，人间的喧嚣与兽类的悲鸣混合在一起，显得既热闹又孤寂。我既没有狂喜，也没有悲哀，迷墙会把我一直带向不知名的远方。

哺乳动物

这是星星与星星无法交谈的夜晚，这是肉体与肉体无法靠近的夜晚，这是爱的潮汐徒劳地涨了又涨被闪电烧焦的夜晚。

"快过来，喝下它。"母兽拖着沉重的躯干，托着胸前巨大的哺乳器官，命令道。

"我并不饥饿，我的饥饿来自另一个陌生的星球，虽然我不知道它在哪里。"

"你必须喝下它。因为我们类似的毛发，一样尖锐锋利的牙齿，头顶同样污浊的天空。"

"但我们语言不同。你只教会了我花草鸟兽的名字，你弥漫血腥味的发音令我厌恶，你的语言里除了动物累累腐臭的尸体还是尸体，日复一日只是一个单调贫乏的词汇：尸体。"

"你这忘恩负义的逆类。想想我们一起狩猎的岁月吧，我曾经为你饥肠辘辘的肚子操碎了心，差点送了命。瞧瞧你那羸弱不堪、弱不禁风的样子，更应喝下我的乳汁。"

"我已厌倦狩猎了，看着那些不知名的兽类一个个倒下，血肉模糊地从眼前消失。除了乳汁，我更渴望山坳外广阔无垠的原野，原野上野花一片，山冈上云朵连绵。"

"只有我的腹下才更温暖更安全，只有饮下乳汁你才能更强壮。"母兽温婉细语。

"你的乳汁像毒药。在一个个失眠的夜里，我梦见自己变成了一个浑圆硕大不能移动的肉球，掉光了牙齿，掉光了毛发，被四周腐烂发臭的重重尸体包围着。我也像尸体一样无法移动。"

这是星星与星星无法交谈的夜晚。我是一只拒绝长大的兽，我的饥饿来自另一个陌生的星球。我的躯体内混乱地悬挂着躁动不安的器官。我的眼睛像两颗巨大的肿瘤下垂到胸前。我必须逃离臃肿的母兽。我不愿如一只兽类昼夜拖着发出闷响的胃无法入眠。我不愿藏匿在它厚实浓密的毛发下却夜夜被潜伏的噩梦惊醒。

这是肉体与肉体无法靠近的夜晚。兽类们毛发倒竖，肉体之间除了戒备就是寒风的呼啸。我的发声器官长期闲置只能冒出阵阵含混的咕噜声。我们之间唯一的交流就是狩猎，分享血腥的盛宴。

但我还爱吗？自从很久很久之前那一枚种子降落到我空虚的怀抱后，就一直没有发芽。我还能感觉到它寂静的存在，镶嵌在肉体的黑暗里。它一直在寻找一个机会，一个我还能给予属于爱的机会，好让它在我躯体内生根发芽，越长越大，胀破我的躯干，直到我解体为止。只是它从未遇到那片渴望的原野，一片陌生星球的原野。

是时候了。是我该消失而它取而代之的时刻到了。一个充满兽类的星球将会消失，而另一个陌生又新鲜的星球将诞生。在那里，我只是白云朵朵、阵阵花香中一枚深埋在泥土下的种子。而在我的四周，同样是密密麻麻的种子兄弟。他们已忘记了前生的哺乳与血腥，发出一阵阵清脆、悠远的欢笑：

"在星星与星星无法交谈的夜晚，因为爱，我们的嘴唇还紧紧衔在一起。

"在肉体与肉体无法靠近的夜晚，因为爱，我们的手臂还缠绕在一起。

"你是一条川流不息的大河，河流就是我的家。"

地洞里的苦儿子们

有一首歌叫：笑忘录。

还有一首歌叫：一起来吧，苦儿子们！

看他们有个头，只知道往泥土深处钻呀钻，好像那里才是他最热烈讨论和回归的家。看他们有张嘴，只知道反复咀嚼那些腐烂发霉、臭味熏天的残羹剩炙，好像那才是唯一钟情的爱。看他有只眼，只知道那摇摇晃晃的大厦将倾，好像众叛亲离蛰居地洞才是他心安理得的理由。看他有个胸，却挤不出奶水，只知道拼命亲吻死亡亲吻虚无亲吻背后那潮湿寒冷的鞋，好像那才是专门赏赐的礼物。看他有双腿，只知道去蹚那越陷越深的沼泽，好像天空就是他任性拼写的图案与道具。

他还在地洞里。你们越笑，他越亢奋。他知道地洞终究塌陷，只是他无法自拔。

他也在笑，他笑洞外的傻子太多，只会抱紧太阳投下的火焰，即使自焚也不会挪动半步。他也笑自己冥顽不化，即使怀里只是浓得化不开的痛苦和火药，也不会停止劳作，后退半步。

地洞是什么玩意，他已彻底厌倦这个世界，决意将余生全部献给那个黑黢黢、黏糊糊、空荡荡既看不到天也看不到地更看不到自己的世界。

洞外傻子们的歌一浪高过一浪，他们在将要来临的晚餐前，熙熙攘攘，吆五喝六，但他们却拖着越肿越大的胃，谁会去怪他们。

地洞里的苦儿子们，一起来吧，继续操起家伙来，既然饥饿，还是不眠不休，继续钻呀钻。

无知的小丑们，世界的心脏已经剧烈地旋转起来，而你们只是它越来越黑的伤口上永远爬不出去的蛆虫。谁还会继续供养你们，除了你们继续腐烂的躯体和眼睛四周飞来飞去的死尸。

不会走不会哭的地洞，离天空越来越远的地洞！我的头脑越来越清晰，我的牙齿越来越锋利，我的胃口越来越坚硬，我的双腿越来越迅疾！苦闷的家伙们！欢乐的家伙们！

万家灯火通明，独欠一个空位

夜，浓得像化不开的漆，黑魆魆地躺着。

我是鱼，如逃亡的流兵，独自游弋在水面下。

水深莫测，正好藏匿我混乱、古怪而多疑的梦（梦无非想象力的残渣）。那些梦如缕缕游丝，密密麻麻缠绕着我，几近窒息。年轻时我喜欢梦。梦像泡泡一样浮出水面，并把外面的讯息捎进来。而现在，我痛恨它们。水浓得像化不开的悲伤，包裹着我。水莫非也是被强迫做梦，梦太沉太厚封住了水面。

黑衣人在哪里？谁也说不清。那么他就是水面唯一的守护人了！水会越来越沉吗？与我四周的梦互相缠绕，仿佛一座结结实实的天然城堡。

我已远离悲悯，空余寂寞。寂寞化为绵绵不绝的泪，悄无声息地注入躯体四周的水里，冲淡了梦，冲淡了岁月。我一行动，骨骼就咯吱咯吱乱响。

那么，人间的讯息呢？从模模糊糊的水面透上去，人声鼎沸，喧嚣而嘈杂。

是否万家灯火通明，独欠一个空位？人间大快朵颐，是否有我一份？我宁愿放弃这所有的梦，奔向那个虚无，虚无的空位！我把梦统统交给它，为它装饰，为它加冕。

夜凶恶如虎，与水面眈眈相向。我呼吸着躯体四周污浊不堪的气体，想着我怎么变成了一条鱼，又怎么会独自游弋在冰冷、孤寂的水面下。

土拨鼠

我是一只土拨鼠，我的名字叫泥土。

我爱泥土潮湿、阴暗又易朽的气味。泥土为我接生，还将给我送终。多年以后，谁也找不到我，只有阴暗的泥土里还星星点点地散播着我晦暗、迷离的目光。

如果说，我的前世是黑暗，那么今生就是光明。我更喜欢被称之为"光明之鼠"。

世界光明如镜，晃得我张不开眼。我随时大摇大摆招摇过市，也不会被发现。谁又能看到谁。在这个巨镜的晃动下，我甚至都看不到自己的影子。一个光及其魅影的世界。我唯一的愿望是生育更多更多的鼠，带领它们沿着光明大道，环游世界，让世界变成一个鼠的乐园，鼠的海洋。

但这，永无止境的光明的单调与沉闷让我麻木！

这永无止境彻头彻尾同一的鼠类面目令我厌倦！

倘若，还有黑暗，我倒是祈愿、欢呼黑暗的降临。倘若，还有敌手，我倒是情愿放弃这个鼠的乐园而迎接他的到来。

这鼠的乐园，这茫茫光明犹如我前世的黑暗，甚至比它更黑更暗。从光明长出一根根的绞索，每时每刻都要伸向我细长的脖颈。这光明像豢养的猎犬，把无穷无尽的食物抛给我，却又虎视眈眈，不分昼夜竖立在我耳畔，仿佛全世界的鼠都是囚犯。

但豢养光明的主人会是谁？是否也是内心之兽的同类？是否我们内心的幻影之光喂养了它？

呵，自负的光明之迫！沉重的巨兽！当光明乔装打扮露出它狰狞、尖利的巨爪时，我倒愿意加入死亡的巡游队列了。唯有这时，我才能卸下光明的重负，用我最后的决绝、放纵与反抗，完成对它的致命一击！

废墟（一）

世界是座大废墟。废墟里住满了陌生人。

鸟是巫术的发明。

鸟在废墟的空气中飞来飞去。这些陌生人无端地信赖鸟，但落在他们掌心的只是一些瞬间即游离的轻飘飘的羽毛。这些羽毛砸在他们的头顶，他们坚信那就是生活在废墟里的缘由和证明。

建筑师伐来树木，为废墟设计了立柱，他们感到安全些。

政治家把陌生人召集来，要每人献出一只手臂，筑成一个环形屋顶，使末日临近的危机感顺着这人造屋顶滑向别处。

艺术家拿来一只钟，拨快指针，警告陌生人如果不尽快逃离，废墟将变成所有人的坟茔。

最后来的是诗人。

他谎称自己是先知，是从陌生星球赶来的拯救者。他对另一个世界的描述令大家心荡神摇。他信誓旦旦地宣称可以带领众人逃离废墟。当人们跟着他瘦小的身躯踏上陌生的旅途时，诗人很快就从众人的视野里消失了。

废墟外陷阱重重。他倒在了废墟外的沼泽里。

人们只看到前方，一串模糊不清的足迹。

世界是座大废墟。每个人都是其中一座更小更小的废墟。

阳光映照着这些小小的千年废墟。虽然他们不会醒来，但一阵阵光强烈地捶打着他们的躯体，催促快快睁开眼睛：看啊，诗人，那光的君王，是否会经临他的身旁——

毕竟，诗歌就是废墟里最早醒来的孩子，就是那个任性又偏执的捣毁者。在美的蛊惑下，他第一个从自己的肉身中逃离，并通过消失为众人带来一次赎救的机会——

太初有爱。爱就是词，是行动！

钉　子

　　一枚黑色的钉子枯坐在孤独的天空下。没有身份，没有名字，唯一的遗产是锈迹斑斑的身世。

　　它坐在天空下，只有一个偏执的念头：捕获那个猎物。寄生在猎物的肉体中，远走他乡，寻找生命的第二次奇迹。

　　草长莺飞。它在青草中等，它在石头中等，它在风雨中等，它在来来往往兽类的唇边等。

　　它胃口单调，信念坚定，坚信那个猎物一定会出现。

　　它黑色的皮肤渐渐褪色，披上了一层金黄色的铠甲，在夕阳下闪闪发光，与凝滞的黄昏遥遥相对。

　　青草已经覆盖它的头颅，泥土快要没过它的腰。它与身边无名的野花玩，给泥土下的小甲虫编故事。不时咯吱、咯吱磨磨牙，耐心地盯着从它身边溜过的兽类。它心中的兽从未出现。

　　锈迹随着风雨的侵蚀越来越厚。已经超过它的唇，盖过了眼睛。现在，它更像一个盲人，只能倾听胸腔中那一颗依然咚咚咚跳跃着的、年轻的心。它也像一尊雕像。它的嘴已被锈迹完全堵死，牙齿无法再一上一下咬合，半张着。那些往日在它身边聆听故事的甲虫们干脆就把它的嘴当作自己的小窝，心安理得地住下来。

现在，虽然看不见外界，它还在心中想念着那个猎物，从未靠近的未名的兽类。那些锈斑就像一个坚固无比的城堡，把它紧紧抱住，它的肉体（假如有）在其中越来越小。

食脑人

食脑人总在时间蜷为一团，躲在墙角沉睡之际造访：孩子，不许悲伤，吞下这快乐的配方。

它没有面孔，拖着一条长长的影子。影子上有时缀着湿漉漉的花瓣，有时影子后尾随着飞来飞去的鸟。有时，一些天真的小动物在它上面爬来爬去。

但影子是冰凉的：寒气逼人。

我知道，它是快乐的使者。

快乐就像叮叮当当的硬币，从出生后就在我的肉体中清脆作响。我从不悲伤，不是因为没有眼泪。因为我的肉体中堆积的东西太多，它们叽叽喳喳地吵着、闹着，翻着跟头。看见它们我就笑。甚至夜里，它们会像未消化的食物撑破我的胸腔，我也会笑醒。

食脑人总有一天会造访，它也许以我为同类。我虽然没有影子，但我的皮肤在快乐充溢的时刻，摸上去凉凉的。

我偶尔悲伤，是因为快乐过度。是因为无法忍受快乐二十四小时折磨着我，难以摆脱。因为快乐，我看上去比父亲更苍老。父亲摇晃着脑袋，不苟言笑。他是快乐的，与我不同。不是同类。

沉吟不语，食脑人要我摸一张牌。必须在悲伤与快乐二者间选择其一。

冰冷、不屑地注视。

我宁愿吞下配方，跟随它寻访下一个同类。

悲伤如一块将要融化的铁在胸中沸腾。紧闭双眼，我跟在食脑人身后，沉默地行进，沿着并不陡峭的斜坡。

快乐同样沸腾着，它们像爱一样充溢我的全身。

掘　洞

出生时，妈妈把我从暖洋洋的水中抱出，抛向身边的水，再三叮咛：你必须学会水、土、木、金、火五种语言，不然，将被罚不断掘洞，永远。

挖呀挖。我花十年的光阴学习水的语言。我以水的柔情、水的手指辨识四周的物。一切是如此的温暖与新鲜，我称它们为"母"。既安全又危险的语言。我只有不断下坠，再下坠，才能感到水的柔情蜜意。我试着把水涂抹到额头、舌尖、脚踝。我试着用水画下眼前的景色。

挖呀挖。我花二十年的光阴学习土的语言。潮湿、松软、神奇的土。体内的欲望一朵一朵开始萌发。我沉睡在它的怀里，它抚摸着我倔强的发。我开始数着一二三，我开始打量一块块骨骼，我开始计算四肢的长度。我试着用土捏下一个个奇形怪状的东西。

挖呀挖。我花三十年的光阴学习木的语言。第一次，我感到一股力量沿丹田徐徐上升，欲冲破百汇。我模拟"木"的形状，长在正挖的洞里。我哗哗哗地笑，哗哗哗地哭。想象自上而下俯视，四周的小动物、小植物们都生活在自己的阴影下。果实：幸福的源泉。我把果实分发到不同的嘴唇，他们一起用颂歌赞美我。果实堆积如山，我体会到了孤独。我试着用木抽打自己的肉体。

挖呀挖。我花四十年的光阴学习金的语言。金昼夜在耳畔回响。一种暴烈、清澈的光唤醒了我懵懂的大脑。我是温暖的，它是冰凉的。我穿着金属打造的壳招摇过市。据说，一个古老的国王，金转世，嗓音洪亮，响彻四野，凡是听到它发声之人，必须去觐见它，终身为奴。我幻想自己就是一只雀，可以直接越过雷霆和风雨，飞到它的宫阙。我钻进已挖的洞，画自己的像，把自己画成一个国王。我试着用金属为自己做一个雕像。

挖呀挖。我花五十年的时间学习火的语言。第一次，无助困扰着我。火无影无形：我在火光下只能看见影子，而找不到自己。我的两鬓已露白发。除了灰烬，我从未收到火的其他礼物。火的语言：火用火开辟道路。火：毁灭之途。火的语言：幻象的语言。幻象的火苗，映着它四周凄恻的影。我试着用火复述火。试着用灰烬复述灰烬。

现在，我还在挖呀挖。洞里又涌满了水。水倒映着我陌生的面庞。洞已够深，我尝试着平躺到水面上。胡须垂下来，覆盖着我平静的肉体，温暖又舒适。

石　车

看，那张如此贴近石头的面孔已经成了石头

——加缪

当西西弗斯推着巨石到达山顶时，兴奋地尖叫起来。袒露在他面前的是一望无际的向下延展的斜坡，再也看不到陡峭的坡。虽然因为雾看不到坡下到底有多深，是否还会碰上另一道坡，至少上坡的苦役暂时可以解除了。

他把自己与巨石捆在一起，开始向下滑翔。

滑。滑。滑——

躯体两旁的风呼啸而过。什么也看不见。雾像绳索紧贴着他的全身，把他与巨石挤得更紧。他是快乐的，不必再付出苦役。

偶尔，他会休息瞬间，因为巨石被什么绊了一下，减缓了滑翔的速度。他可以张望四周，只有雾。

滑——

漫长的坡。在持续的下滑中，他会哼首歌给自己听。什么也听不见，甚至简单的音节。速度越来越快，风越来越大，甚至看不清两旁

112

的雾。

滑。他只有一个意识。把身体拼命缩进巨石，头也缩进石缝中，不再试图观察四周。石头里一片黑暗。他回忆起以前推巨石上坡的时光：他可以瞥见四周风景。可以听到汗水啪嗒、啪嗒滴落的声音。可以看见自己青筋爆裂血液汩汩流动的手。可以和一个内心中的声音断断续续地交谈。可以谛听到一个个陌生人催促自己前进、前进。

滑——

现在四周一片黑暗。仿佛时针向中心弯曲，绕啊绕，终于停滞了。

他抠下一块石头，盲目地敲击，寻找自己的躯体。"咣咣咣"的声音激越地回应。躯体还在。像石头。像与石头融为一体。石躯。想着上坡时他曾经多么想抛开巨石就想笑。现在，合二为一。是巨石推着他下滑。躯体还在。至少还可以回忆，回忆滴滴答答的时光。

滑——

从石缝向外，有时似乎能看见远处影影绰绰闪烁的灯火。不确定。

滑——

现在他只有模糊的意识：h-u-a。

风驰电掣般的呼啸绵延不绝。他心中一片黑暗，不再涌现任何念头，像一块石头。他是幸福的。上坡的时光到底什么时刻来临，他等巨石决定。

夜·鼠·猿人

夜：听，除夕的钟已敲了十一下。即将来临。一个新的时刻。

鼠：令人生厌的单调的钟声。我只能听到食物落地的声音。

猿人：如此凄凉的钟声，似乎催人出发。

夜：在我黑暗、宽大的怀抱入睡吧。把你喑哑的肉体托付给我。

鼠：我只信任夜，像我的母亲。虽然她一生都长吁短叹，从未流露憔悴的面容。是她给予我在泥土中爬行的足。

猿人：我相信谁。我在我单薄的肉体中入睡。它像树枝上空空荡荡的衣裳。

夜：吐掉你的牙齿吧，我将给你另一副。不会再有胃溃疡的痛苦。

鼠：令人羡慕的骨头的葬礼和馈赠。我快乐的胃从不拒绝什么。

猿人：我的躯体就像垃圾场，不配拥有你的牙齿与胃口。

夜：没有谁配拥有一个新起点。只有我。听，钟声已敲了十二下。

鼠：温暖又安宁的洞穴。我怀念春天的第一场雨。我的肉体会在雨水中发芽，在雨水中成长，在雨水中衰老，还会被雨水赶进洞穴。我的记忆中只有雨。

　　猿人：当我眺望远方的星辰时，我就放弃了开始。我仍注视着，似乎等待肉体的腐烂，然后开始。似乎我趴在原地，就已拥有了一个开始。

　　夜：世界如花。没有人向你传授意志的学问。

　　鼠：循环。令人惬意的四季景色。

　　猿人：黑夜给了我黑色的眼睛，我已无力寻找光明。

　　（猿人咀嚼着冰冷的意志。他的胃已千疮百孔，嘴深深地插进泥土，咀嚼着沙石、骨头和呼呼刮着的西北风）

灰　烬

　　火焰越来越低，越来越小，直到渐渐熄灭。留在他躯体四周的是越堆越高的灰烬。他的面孔已黯淡不清，这使他更舒服。

　　他的呼吸更自由，心跳跃得更快，血液汩汩汩地流淌着。他等待的就是这个时刻。狂喜的时刻。

　　狂喜：并非一种允诺的临近，而是与对手面对面的交锋；并非希冀火把熊熊燃烧，而是见证火焰的熄灭。已没有咬牙切齿的恨，他心中只有孤注一掷力量的奔涌和增长。

　　灰烬：生命的赠礼。火焰多么温暖，但它的盲目伤害了他，让他感到寒冷。灰烬更安全。要求他点燃内心的火焰，自己取暖，自己辨识方向。他能清晰地看清这种火焰的映照下自己棱角分明的面孔。

　　四周没有声音。

　　万籁俱寂的暗吞没了一切，逼视着他。

　　越来越强烈的冲动：撕裂这暗的帷幕，冲出去。但并没有赶赴一个目的地的愿望，压根就没有。虚无的兽蹑手蹑脚地匍匐心头，等待他发号施令。只有成为暗，进入它的内部，以黑暗对抗黑暗，以虚无瓦解虚无，才有冲出去的可能。

灰烬比火焰更温暖，更有力量。

从灰烬中燃起的力量鼓舞着他。越过灰烬铺筑的没有尽头的路。

因为是同类，他更了解它，更知晓它的全部秘密，更坚定了他突围的决定。

火焰熄灭后，他是卑微的，无名的，只剩下模糊的影子。但他知道消失是自己的命运。

灰烬堆积得越来越高的时刻，也是死神即将寿终正寝的时刻。谁能预言死神只有一副面孔？

终于临近了。渴望折磨着他。终于只剩下一个对手了，无论多么强大。

暗像巨兽弥漫。他仿佛饮尽了它的血，精神抖擞。

他决定赤着脚，在内心那些雨点般苏醒——兽的催促下，义无反顾地向汹涌的暗奔去。

修理工

太初有道，道如水。

那时，他是太平洋上的一个修理工，整天在水上漂来漂去。

时间久了，他厌倦了这种随波逐流的生活。看着鱼儿在脚边游来游去，他开始幻想一种超出个人想象和智力的生活。

他开始发明一种"咿咿呀呀"的语言，迎风而歌，逐日而眠。

以不同的发声，他把内心的欢乐、忧愁和悲伤倾诉给语言，倾诉给水。快乐哗啦啦地流动，他仍未满足。

需要把语言留下来，陪着他。

他开始用语言建造一艘思想之舟。语言如钻石在水上闪烁。他精挑细选，反复磨砺，使语言天衣无缝、精巧周密、异常复杂地嵌合在一起，直到他认为满意、安全为止。

思想之舟诞生了。他愉快地乘着它出发了。

太平洋烟波浩渺，无边无际。水上的日子依然单调乏味。

为打发时光，在他厌倦之前，他不得不用语言打造并换乘另一艘思想之舟。如此翻来覆去，他依然在水上漂来漂去。

犹太教的草天使在他额前飞来飞去，但瞬即成灰，殒于熊熊的圣火中。

　　他必须去猜想另一种生活。

　　鱼非鱼，鱼亦如水。他决心抛弃这建筑者的角色，融化为水，幻化为鱼，在水宽广的怀抱中自由地游来游去。

我和你

我们面对面，屏住呼吸。

我们彼此熟悉，怀着刻骨的恨爱着对方。原来怀疑我是你的一部分，如今，我就长在你的肉中。

我们互相赞美，互相占有，互相吞噬，直到消失于对方中。

你居住在时间昏昏欲睡的时刻。

你居住在我的手鼓无法唤醒夜的眼睑的山谷，你居住在孩子们庆祝胜利的贝壳里，你居住在父亲母亲彼此仇恨的火焰中，你居住在城市自助餐厅门廊的阴影下，你居住在电车上流动的肉体难掩的困倦中。

现在，只剩下你和我。你的岁月压迫着我。

我通过你的衰老清点生日的礼物，我通过你的呼吸冲刷自己的牙齿。一直想延迟这一刻的来临，不想从你下垂的肉体中拖出苍老的自己，不想从你分泌的泪盐中接受被诅咒的岁月。

但我还在做一个循环的梦。孩子们密密地缝着绿色的伤口，骆驼吞咽掉沙漏卜黑色的沙，岩石上的经文因裂陷而再次聚集雨水。

我还在不断地成长。我的抗拒无法阻止你的衰老，也不能拒绝自己的衰老。

"眼睛在死亡的裂隙里看不见世界：我来，

心里艰难地成长，

我来。"

和我击掌吧。想想谁比谁苍老。我来。

交　谈

今天，我试着和原始母亲交谈。

她是所有人的母亲。躯体臃肿，已无法移动，虽然还有一个年轻的面庞。她时而欢乐，时而悲伤。因为她无法说服自己，无法在躯体中孕育一个有名字的未来。

我在她的体内奔跑，从降生世界的第一天开始。

我嗅到死亡的气息，从她喊出我的名字开始。

我试着与她交谈：

我是寄居在她庞大躯体中唯一的客人。

躯体是死亡的形式之一。

我与躯体的宿命相同：一个可怕的循环。

语言是救生艇，它与思想都是幻觉；当幻觉同时被死亡捕获，甚至幻觉也只是死亡的幻觉一种，该怎样呼唤她。

原始母亲：在死亡统治的天空下缄默无语——

从天堂运来的石头堵住了所有道路。石头滚动但没有声音。石头也是皮肤，保护你免遭肉体屠戮之苦。"我看见你采下它们/用新的，我的/每一个人的双手，你把它们置入/这再度明亮中/没有人再为它哭泣。"你的肉体已接近石头色。

她是欢乐的。大地不断涌出泉水，等待孕育新的母体。那是她的孩子，肤色相同。他们在她体内涌动，与我年龄相仿。

她是悲伤的。孩子们始终无法冲出她的母体。黑是他们唯一的肤色，有嘴却发不出声。

孩子也是死亡的形式之一吗？

用死亡反抗死亡，会诞生更多的死亡吗？

今天，我试着和原始母亲交谈，试着说服她放弃服丧的岁月，接受肉体的快乐。试着说服她接受那个可怕的循环，让从天堂运来的石头盖住自己的倦容。

今天，我试着和她交谈，试着说服她接受自己的躯体，那里孕育的不仅仅只有死亡，在死亡中成长的不仅仅只有死亡。

桃　花

花瓣被风吹落，送来阵阵暗香。

桃花以独有的美存在着。

一条虚无之河在它根系下静静流淌，流水只重复着一种语言。

我惊羡桃花的美。一只只小巧玲珑的嘴唇在风中轻轻呢喃。鹅粉的面庞静默无语，从未听到它的欢呼。它执意要拨慢时间的指针，把不肯返巢的鸟雀都揽入怀抱。那些鸟听话，不觅食，不睡觉，受蛊惑的喙不再发声。

那条虚无之河从未断流过。桃花不知道，鸟雀们更不明白。

桃花知道美：美是一种疾病，一种毒药。美是那个老人临终前遗落在人间的手袋。没有人知道手袋里到底装些什么东西。

我也知道美。我把它夹在书页间，保存在电脑中，传递在朗朗上口的公告语汇中，定格到惟妙惟肖的画面里。但我更沮丧，无法把握它。我拥有的也许只是美的分泌物，它冰凉彻骨的躯体。

那条虚无之河流淌。我希望你顺流而下，从疾驰而来的四轮马车上下来看我，看美：看它怎样在倒立的天空下扎根成长，开花结果。

那条虚无之河流淌。我知道美：它是对话，是回忆，是一把谷粒对泥土的回归，是一把小提琴对空气的思念。

桃花盛开在春天。

我像荒芜的庄园里泥土下蛰伏的蝉，在虚无的河流游泳，并发出歇斯底里、单调的聒噪。

自行车

母亲：这是我唯一的遗物——自行车。虽然它被尘埃覆盖。
儿子：它丑陋、陈旧的外表令人难堪。

母亲：请离开我吧，骑上它，会更快。
儿子：你的躯体是我唯一的家，虽然我像没有根须的芽，到处飘
呀飘。

母亲：梦曾经拖着你走，该醒醒了。
儿子：那些梦魇被种在空荡荡的脑壳里，像风铃不断催促。

母亲：家园寂静，绿水长流，蜜蜂围着钢琴舞蹈，无头的鸟群向
远方迁徙。在迎面吹来凛冽的风中，你不能倒退。
儿子：我只守着一个秘密，但肉体不会允诺。

母亲：是时候了，该出发了。
儿子：那些光令我骇惧。我只能看到投射过来的光的阴影。光嘈

杂拥挤，我已目眩神迷，我不是它的对手。

　　母亲：谛听内心的钟声，永恒的节奏像潮汐。
　　儿子：我就住在钟里。钟埋在泥土下，我听到声音却看不到出口。

　　母亲：那么，你再看看光线后模糊的倦容。
　　儿子：我什么都看不到。在您身后只有野生的苜蓿花开得正艳，一片又一片。

　　母亲：吸吮我的乳汁吧，孩子。
　　儿子：你面目全非，多么陌生。那些熟悉的气息呢？曾有一位母亲将我囚禁在她的肉体中，我靠吞噬她的肉体才存活到现在。

　　母亲：（忧伤得抽泣）我只知道该离开了。离开就是移动，移动你的躯体。在一个地方滞留太久，躯体会被蛆虫蛀烂的。
　　儿子：大雾弥漫，四周都是硫黄的气息。确实该走了。

　　母亲：骑上自行车，离开吧。
　　儿子：我不能辜负你的礼物。我需要离开。我将在不断紧逼的钟的轰鸣中，移动我的躯体，远离您，远离您。

谈　判

自我出生时，这个世界就像漏气的气球一天天变小。更何况，生者的空间也因日益增多的死者掠夺而日益逼仄。有些人一出生未来得及睁开眼睛就被死者强行拉入其列，密密麻麻地依偎在一起，被死者供养，从此无忧无虑。还有一些生者在人生的途中未来得及争辩或编织莫名的花环为死者加冕也误入歧途，被死者的巡逻队网入其中。所以，世上的生者只会越来越少，死者越来越多。在死者统治的天空下，虽然他们脸对脸，同呼吸，但生者日益艰难，如履薄冰。他们不仅要吸入从死者的鼻孔过滤的空气，甚至必须租用死者的地盘苟且偷生。

我就是一个生者举荐的谈判代表，去找死者的主人谈判。

需要说明的是，死者并非其生理肌体失去气息者，而是肌体正常但肌体内部空空如也者。它们有平常人的音容笑貌，也会时而欢声笑语，时而暴跳如雷，时而放纵无度，时而阴郁悲恸。据说，它们因患一种极端厌食症后躯体内各器官就逐渐萎缩、消失了。他们唯一的食物是空气。但它们有躯体却没有投影，行动迅捷如电，像无声无踪的影子一样来来往往，飘来飘去。

我走在谈判的路上，在影子间绕来绕去。

天空如盖，像时刻要坠落下来。我需要仔细分辨，从生者间挑出死者，从死者间寻找它的主人。语言是难以分辨的，大多数情形下，生者为自保使用死者的语言；气息是难以分辨的，要亲自给一个个生者或死者把脉，才能探知结果；外表是难以分辨的，死者声音洪亮，谈笑风生，甚至盖过生者。唯一的区别是影子。死者的躯体没有阴影，只有生者背后才拖着一道或长或短的影子。

我要走在没有影子的路上。这样才是捷径。

我盼望早一点找到它的主人，趁我还未被死者的巡逻队发现之时，与它订立契约：一、免费租给生者一定范围地盘，生者、死者互不越界，互不侵犯。二、生者、死者不再使用同一种语言，以辨别身份。三、死者不得再以种种形式要求生者供养或强制从生者间征丁。四、空气由生者、死者均分，避免生者呼入死者过滤的空气提前衰老。

天空黯淡，像要收紧的口袋，道路越发逼仄，离它的主人一定近了吧。

我的腿脚也一天天迟缓下来。死者密密麻麻，层层叠叠，身边更加拥挤。我担心与它们厮混久了，在我未完成谈判之前，也会自动加入它们的行列，而放弃或遗忘了自己此行的仟务。

而路还在前方延伸。

洞　窟

我们在尘世的面目，不过是一场持久地追逐的三分之二，一个
点，上游。

——勒内·夏尔

爷爷说，打他记事起，就是这光线黯淡的洞窟的居民。

洞窟呈垂直状，不知道有多深，看不清。也不知道它方圆到底有
多长，只能听到身旁爬来爬去人的时而急促、时而微弱的喘息声。

沿洞窟壁垂直而上或而下，全是绳索似的梯子。这些梯子由何而
来，以及用什么材质打造，没有人能说清。这些绳索状的东西黝黑滑
溜，或粗或细，上面积满了经年累月人爬上爬下的污垢。

周围全是喘着气、闷着头、爬上爬下的人。面目模糊不清，只有
影影绰绰的轮廓。但时强时弱的喘息声像拉风箱，黑暗中清晰可闻。
爬行间隙，他们会偶尔停下来，翘着细长的脖颈，与四周的爬行者窃
窃私语，插科打诨，或分享个人过往的故事，以打发这无边无际的时
光。但他们更像各说各话，从两个黑漆漆的对面嘴里传过的气流异常
强大，绳梯都开始晃悠起来。语言含混不清，像方言。他们说话时快

慢不一的节奏，幸福或悲伤的语调，令人唏嘘不已。

食物就是一些会飞的昆虫、爬虫类，幽暗的缝隙间一些努力生长却说不出名字的植物。总之，似乎够了。不然，他们不会有力气，不会发出震耳欲聋的喘息声，不会沿着绳梯爬来爬去。

没有人知晓沿着洞窟四壁爬行的原因。爷爷说，这是祖祖辈辈唯一的生活。听说，往上爬，能寻觅到更多的食物。也听说，爬到够高，光线越强，一定有与洞窟里截然不同的世界。但直到现在，没有爬行者带来准确的讯息。灰心的爬行者会气馁中途回返，开始往下爬。怀有希望的爬行者会继续沿着黯淡的洞壁绳梯，继续喘息着爬向那个未名的世界。除了喘息声，更多的时候洞窟里嘈杂异常。那些对希望或绝望无所谓的爬行者，会悬挂在绳梯上，停滞不动。借助一闭一合的嘴唇，喋喋不休地交谈或聊天。这或许是最幸福的时光。

我只是庞大的爬行群中微不足道的一个。绳梯下方是诡异莫测的深渊。往上爬，至少除了更多的食物，将那个莫可名状的洞窟外的世界作为赌注，令我着迷。

种　子

冬季来临前，我与许多腐烂的果子一样，从枝头跌进厚厚的泥土，来到一个黑暗又幸福的世界。

泥土的手掌轻轻安抚着我，植物的根系像房屋在四周织就了一道密密麻麻的网，蛰伏的昆虫苏醒后开始串门、造访。我的眼睛像两道紧紧贴近地面的伤口，时刻打探着春天的讯息，迎接又一个生机勃勃的世界。

周身的壳箍着我，我拼命推开周围的泥土，把头颅向四周伸展。但漫长、单调的黑暗一节、一节包围着，我昏昏欲睡，陷入一个个重复的梦：动物们簇拥、抬着我，沿鲜花盛开的河岸缓缓行进，跋山涉水后来到一个荒凉山谷。我被重重抛入一个肮脏的坑中，冰凉的花冠覆盖我的躯体——

在听到泥土深处轰鸣般的崩裂声后，春天来了。舒展筋骨，跃跃欲试，心脏咚咚咚咚地响着。我数着泥土的辫子，盼望春天的雨点早点冲洗黑暗的身子。

错了。在未来得及睁开眼睛之前，一片巨大的阴影扑闪着气流，把我带到了眩晕的高空。被一个坚硬的喙叼着，飞呀飞，最后我被摔到一个晶莹透明的所在：光滑寒冷的冰原，白雪皑皑，风飕飕飕地像刀割，没多久．一层白色的被子又厚厚地裹住了我。

这更像一个透明的城堡：没有泥土，没有伙伴，没有声音，体内萌生的缠绕不清的欲望被整整齐齐地排列着，偶尔才浮上心头。现在，我再也不会做梦了。四周无边无际的白，无边无际的静寂，无边无际的澄明。像从梦晦暗、虚掩的门迈出步入喧嚣的现实之间那段狭长的中间地带。被主人遗忘的地带，或持证等待的时刻。漫长的失眠后，我周身的器官像都蜕落了，只剩一颗巨大的黑眼球，躺在冰原城堡孤寂的地板上，空洞地打量着四周。

现在，我榨干体内的渴望，只有一个含混不清的念头：进入一只体形矫健、勇猛暴烈的野兽体内，随它浪迹天涯，随它占山为王，随它低吟长啸。我还会偶尔想念那个印第安医生。但我只有一个名字：兽。

泥灯笼

"时间到了，时间到了——"

陌生的声音又一次准时传来。我从泥灯笼中缓缓支起上半身，点燃泥烛，开始一天的工作。在这灯笼形状的泥房间，我记不清已过了多少岁月。空间不大，刚好容翻半个身，我的下半身深深地没入泥土下，所以不用考虑。只需以两臂为支点，把脸庞从泥土里抬高四十至五十厘米就可以开始工作。泥烛——就是从躯体周围挖来一小撮混有不明油脂的泥土，然后捏成烛形，再钻石取火点燃它。光线昏黄，但足以照亮这个泥灯笼。它产生的热量也足以使这个狭小逼仄的空间温暖又干燥。

我每天有两件必须完成的工作。一是推演微积分函数。这是一件令上帝也着迷的工作。我在泥土上画各种图形，列昆虫一样爬行的公式，测算Δx的极限与变化。图形和数字在大脑中飞来飞去。它们似乎天然怀有一种仇恨又亲密的关系，既互相排斥，又互相咬噬。作为主人的我，必须找到一种冷静、明晰的解决方案，使它们和睦相处。有时，产生奇怪的幻觉：一条庞大、漆黑，由数字组成的甲虫向前蠕动，我也是它躯体的一节，快乐地融入其中，向前蠕动呀蠕动。

另外，在这泥灯笼中，我还必须学习语言。这种持之以恒的发声练习确保我的五官机能不会退化。在柔软的泥土上，我不断变换字母间的排列组合，发明了不计其数的新词。每拼写一个词语，我获得一种不同的发声，一个不同的意义，一种不同的色彩，甚至激起一种古老的记忆（它或许只是过往岁月平庸的回声而已）。我想象，这些身份不明的词语，手挽手，围绕我的上半身兴高采烈地舞蹈，像面对一个威严的君主。或像一队队视死如归的士兵，忠贞地护卫着一个岌岌可危的城堡。城堡的主人就是年事已高、已记不清岁月流逝的我。

　　泥灯笼中的生活万籁俱寂。只有泥烛燃烧时偶尔的噼啪声会分散我的注意力。因空间逼仄，泥烛投射的上半身的影子几乎全部占领了圆形泥壁。这样，影子与躯体合二为一，更像影子骑在它主人的躯体之上。

　　无论如何，对微积分和语言的热爱像两个钢铸的支点，把我牢牢地圈在泥灯笼中，不想移动半步。我对这种笼中生活的热爱随着岁月流逝，也已经深入骨髓。

　　"时间到了，时间到了——。"

　　陌生的声音又一次准时传来。我从泥灯笼中缓缓放下上半身，把脸庞深深地埋入泥土，结束一天的工作。

囚　徒

"轰隆隆——咔嚓——"

天空炸开一道树状闪电，从阴郁的苍穹一直延展向天际。暴雨如注，像从一个黑窟窿往下倾泻，冲刷着无边无际的原野。两个黑塔似的影子对峙着。

行刑者："这里只接收被押送执行的囚徒，而你一个人来。"

囚徒："我是被自己押赴来的。"

行刑者："为什么来？"

囚徒："没有理由，自愿来的。"

行刑者："死亡需要一个理由，必须登记。"

囚徒："难道还需要再给死亡增加一层重负吗？为什么不给它自由？"

行刑者："死亡是失去信仰者的故乡。人因无信而被捕获后押至此处，你是失信者吗？"

囚徒："我以前是。现在对死也失信了。"

行刑者："你没权利对我的职责指手画脚。这古老的职业在人类诞生前就有了。"

囚徒："正是年代久了才需要变革。你看看四周那些无聊麻木而咪咪笑的人群，那些紧盯着时钟的圆盘而决心赴死的人，那些靠争吵、聒噪消磨时间而心如槁木的人，那些戴着面具行踪不定、来回游弋的人，越挤越多。你仍然给予他们自由，他们还在你的笼外逍遥。"

行刑者沉吟半晌。"但他们毕竟虽无所信还信着什么，不然我也不会拖延。"

囚徒："死亡是否也算信仰的一种。如今，我是送上门来了。"

"轰隆隆——"

天空又扯开一道狰狞的闪电，像一头盲目巨兽的爪子凌空扑向大地。闪电映照着囚徒大理石般惨烈、决绝的面孔以及他嘴角不易觉察的冷笑。

行刑者："你还有余地。我也有难处。现在，那张信仰的名单早已遗失得无影无踪，无法找寻了。由于多年没有被押送执行的囚犯来，我的手艺也快荒废了，我甚至快要失业了。你还是自己想办法吧。"

囚徒愕然，低头瞥见行刑者身旁那只捕获失信者的牢笼已经锈蚀斑驳，仿佛一丝微风就能吹得轰然坍塌。"那么，我乔装一番，还是加入那失信者的队伍中去吧。但失信离死亡的信仰仅仅一步之遥，我还会回来的。"

行刑者："你看到的只是失信者的影子。我还羡慕他们哪，虚无是失信者的口粮。由于无所信，所以他们才信。他们的骨头受虚无之泉的浇灌，已不畏惧死亡烈焰的淬击。"

囚徒："看来，我找错人了。"

行刑者似一截枯木寂然无语。

"轰隆隆——"

闪电再次将天空撕开一道银白色的口子，雨倾泻着，似乎要冲刷掉原野所有的污浊。在电光耀眼光束的凝视下，一朵橘黄色的矢车菊在雨中倔强地挺立着。暴雨一次次压折它又细又长的颈，在一阵又一阵狂风的肆虐下，它依然高傲地昂着头。

　　囚徒离开行刑者，在闪电的注视下，要加入到那失信者的行列中去。黑暗一浪又一浪袭来，迅速吞没了他的背影。

赌 注

　　我远离母亲，远离欲望的潮水无法再发起攻击的奄奄一息的母亲。尽管她骨灰的铃铛一再诱惑我。我决心离开。

　　我用一个铃铛系紧时间的脖颈。她垂垂暮年，陷入持久的昏迷与眩晕之中。如今，她宽大的怀抱再也无法孕育雷霆和闪电，只有灰色鸽子绕着圆形广场飞来飞去。她思虑过度的额头覆盖着厚厚的火山灰，回忆是最后岁月的守门人。

　　我用一个铃铛拴住肉体的脚踝。她们像青春期的孩子，耽于享乐和幻想。拖着粗糙、麻木的外壳，拥有一颗婴儿般的心。欲望的潮水不断从背后袭击她，她贫乏的手指再也画不出魔术般的彩虹。她密密地缝织着自己的裹尸布，躺在冰冷的泥土上。偶尔，蛊惑的铃铛还会一再响起，她支起双臂，把轻飘飘的躯壳再次抛进熟悉的接送车中。即使，那车辆不会回返。

　　我把最后一个铃铛藏入信仰的怀里。我堵住自己的嘴，我用石蜡同样封死她的嘴。我们像孪生兄弟面对面沉默不语。她说，信仰长在土里。我不再仰望天空。她焚烧着身后的经卷，我就坐在自己的头颅上。她说，这是唯一的赌注，或者是最后秘密的神话。

如今，我远离母亲。面前堆满这些骨灰的铃铛。我用它们吵醒聒噪的生者，还要用它们摇醒那些沉睡的死者。

火焰与雨点的经验

别让我在火焰中待得太久！整整一个世纪！

火焰毁灭般的激情已令我厌倦！它邀请恶的使者只会带来更多的存在之尸，生与死一起践踏在它决然的步伐下。也不要再轻易求证火焰开辟的道路。在跳跃、闪烁的光线外，不要再允诺一个虚假、单调的黎明。

我只看见：火焰之后还是火焰，黑暗仍在黑暗中野蛮地布道，那些听众都没有面孔！

我只看见：一些手持盆钵的孩子还在黑暗中穿梭，他们的盆钵中除了灰烬还是灰烬！

这时，我想到了雨点。我开始召唤雨点，我吁求：这个双重面孔的伪天使尽快到来。我能嗅到它拖曳的灰色长袍掩盖的模糊福音书依然滴落着死亡的气息。

让雨点来得猛烈些！再猛烈些！

让它浇灭这些已燃烧太久、只会在黑暗中舞蹈的火焰；让它阻断恶的使者继续在黑暗中掘进的道路；让它扑灭灰烬中再企图复燃的余烬。但是，别让它暴烈的皮鞭持续地敲击那些泥泞中不断爬行的乌黑的脊背。这仍是一些渴望的影子，或尚未成形的信念。他们将在摇曳不定的黑暗中寻找雨点降临后的奇迹。

雨点是生与死之间的一道桥梁。

它对毁灭有太多的激情，但对生怀有更多的渴望。它浇灭火焰只会让黑暗更浓，只会纵容恶的使者堆积更多混乱不清的道路，只会让一些单纯的目光因为黑暗太深太广而仆倒在寻觅的中途。

但它的渴望同样不可阻挡。在雨点狂暴的击打下，大地心脏之鼓似春雷般炸醒。这激越、盲目的鼓点仿佛生的赠品。

看！灰烬中有一些新芽爆出！这重重累积的黑暗之尸仍挺立不屈的渴望！

它苍白、孱弱的躯体还会迎接接踵而来的黑暗洗礼和摧折。但它的根系已插向大地内脏，与其融为一体。它不再恐惧恶的使者的诱惑，它不再信仰黑暗是唯一真理的蛊惑，它体内积聚的能量足以与黑暗分庭抗礼。它要求生的目光向前延展到更远的远方，越过黑暗。

它知道，世界从来就是生对死的超越。死只是生的第一份礼物！

星 光
——献给卡夫卡和鲁迅

绝望如惨白的探照灯在看不到星辰的暗夜晃来晃去，踽踽独行的俩兄弟经过身旁。彼时，我还在沉睡。

"所谓路，乃踌躇而已。"

"世上本没有路，走得多了便有了路。"

"我看到遥远的天际，那几颗惨淡的星，散着冰冷的辉，仅此而已，那么远。""如此远，我甚至看不到，更感觉不到，我只要走自己的路。"

"虽然远，非人间，但毕竟有。""我史相信自己的双脚，虽然不知道会走向哪里。你看到了光，但我们还是被无边的暗夜包围着。"

"如果没有光，该如何辨识暗夜的黑。我不会加入黑的同伙，只有光才会结束黑的统治。""我知道路的尽头还是黑，我宁愿从黑中开辟新的领域，做黑的首领。"

"你的行动不过使暗夜的黑更加浓重，那么，孩子们，也必得有牺牲的勇气。""我只知道肩负起黑暗的闸门，让孩子们逃生。"

"他们又能逃向哪里，前方依旧是黑的同伙。""时间的法条不会停止，首先不要放弃尘世的义务！"

"长路漫漫，黑是唯一的伴侣，必须发明一些什么吗？不，我信。我厌恶语言中晃动的虚假的火把。""那火把只是心灵虚弱者骗人的把戏而已。"

"野狗在四周猖猖狂吠。""命运何等相像，我能听到它们轻蔑的滋味。"

"我让猎人格拉胡斯从荒凉的河流上醒来，提醒他不要遗忘光曾经在他的头顶闪耀，虽然只是一瞬之间。""我宁愿黑喂养自己，武装自己，用黑照亮自己的尸首。"

"远处好像有歌唱与舞蹈的嘈杂声，是否是人们欢呼暗夜的降临？""自由了，自由了，在自由的婚床上，让黑尽情亲吻他们苍白的脸颊。但愿他们欢乐的泪水加速黑的融化。我愿独自前行。"

"你先走吧。我要留下，告诉后来的孩子们，星光与黑毕竟不同。""我们的目的地是相同的。"

"生就是一次经历，一个事件。虽不能化作火焰，也绝不能成为黑的开胃甜点。""……"

我沉睡着。并未因他们的争议而醒来。我的躯体像石头已与黑融为一体，无法翻身。我怀疑，自己并没有苏醒的念头。在黑的怀抱中，多么舒适。我听见均匀的鼾声从暗夜一阵阵袭来，还传来婴儿的呓语。

悲哀从颅腔内一层层剥落，我的双眼难以张开。我不知道，所谓星光是否是他们对话中的虚妄。但是，星光那么遥远，不会穿透黏稠的黑倾泻到我硬邦邦的躯体上。那么，我该告诉路过的孩子们，星光是什么意思？

西北望 大漠伤
——给脆弱、沉重的传统

"苹果烂了，为什么还堆在车库？"

"你叫什么名字？"

"撑破了的壳究竟该被带向哪里？"

——醒来，

翅膀掉了一地。

冰凉的啤酒旁，躯体瑟瑟战栗。

想起前世，泥土下两只茧相拥。春天来了，只有一只栗色的嘴唇会唱。继续焚香、打爻、沐浴、动土、远游，怕血液倒流，怕心里呼唤的只是一个"无"？

在典籍里，我是随性嬉闹的任性孩子。因为先天性疾病，在瓮里，发出的只有半个音节。我扑向你的怀抱却被推开。风从哪一个方向吹？我就应该躲在它的背后，一起飞。

忧伤只是怀乡病。哭泣因为少了一对翅膀。泥土就是你的命运，所以两千年，你的壳还留在原地，你还在学着飞。

你始终是赤裸的，你始终没有找到母亲遗留的花衣裳，你始终重复同一个问题：我饿了，我饿了，借我一件隐身衣。

你就是我的好江山。狂李白：诗歌挟裹的不仅仅是语言，幻象照亮惨淡一生。黑鲁迅：杀破狼，刀剑笑，影无踪；虚无是你不得不接受的第一件礼物，在只有黑编织的黑色发辫里，我们学会了成长，学会了抛弃，学会了寻找。

所以，还是打扫车库。

所以，还是该给苹果们治疗疾病。

所以，我叫什么名字，与你有关。

所以，撑破了的壳，我还保留着，没有丢弃。

所以，我没有打开互联网，你没有锯掉紫檀门。我们都是陌生人。

只是，我醒来，就要寻找翅膀，就要学习飞。我不会赖在你冰凉的怀抱里。我知道，你不能给予我更多。我知道，语言只是一种武器，正等待一个新主人。

"西北望，大漠伤。"一阵忧伤后，我就离开原地，开始奔跑，练习发声。

遥远的国王

　　在一个古老的国度，生活着一群无所事事的人。他们生性乖戾，每天的工作除了互相调情、攻讦、谩骂、打架斗殴，没其他事可干。这个国度的天空奇异地低，像一个巨型扁圆的盖子，垂到他们头顶。云层当然更低。他们工作劳累之后，就随手摘下几朵云团，塞入口中咀嚼充饥解渴，或者倒地便睡。云朵像天然的被子，暖暖地盖在身上，满足他们与自然融为一体的感觉。

　　他们从未见过国王。据其中一人传言，他就住在他们头顶的云端之上，甚至有时透过云层的罅隙，能看到他巡视的脚踝。也有人说，夜里能听到从云层之上回荡的呼噜声。那一定是国王劳累了，因为他日理万机，总是没空休息片刻。总之，他们每天在头脑中反复描摹国王的形象，时间久了，这形象的五官越来越模糊，越来越高大，竟渐渐飘向云层之外，离他们越来越远的地方，他们永远难以觐见的某处。

　　长期生活在低垂的云层下，这个国度里的人体内长了一个奇怪的腺体。每当天气变化之际，腺体分泌更多黑色、黏稠的液体，使他们奇痒无比，寝食难安。于是，他们便冲上街，更加频繁地攻讦、争斗，以减轻躯体的痛苦。

很奇怪，腺体随着他们争斗的次数而在体内疯长起来。渐渐地占据他们的腹腔、胸腔、喉咙。现在，他们的体型竟像一个个圆鼓鼓的规则或不规则的球体，行动时只能在地上滚来滚去。这样，当再互相扭作一团争斗时，层层球体便摞在了一起，越来越高，快顶上了云层。看到他们难解难分，更多的人不断加入争斗的行列。

有人高喊，我们何不到云层之外看看国王到底是什么模样。

众人呼应，一拥而上，球体们还在不断增高。

球体们终于驱散了周围的云层。一望无垠的蓝。既没有居所，也没有生活的蛛丝马迹。一阵阵凛冽的风抽打着他们尴尬的面庞，从四面八方。

"国王到底在哪儿呀？"

"他不是居住在我们头顶吗？我们不是还听见他回荡的鼾声吗？"

"国王是不是抛弃我们了？"有人失声恸哭。

"想一想，有谁亲眼见过国王呢？"球体们哑口无言。

是啊，有谁见过国王呢，又有谁真正了解国王呢。国王或许仅仅是他们头顶扇动的一双翅膀、颅腔内飘动的影子而已。正是由于国王的存在，想象中现实的缺口才从未打开过，他们才从未怀疑过过去，更未想象过未来。

足　迹

　　小明从家到学校路程十公里，每小时走五公里，请证明他何时到达学校？

　　证明一：小明从家出发，路过一座教堂，教堂悠扬、沉郁的圣歌吸引了他，他拐进教堂，牧师正在布道：天路漫漫，路在心中，跟上主——

　　证明二：小明出了教堂，步入上学的小径。两旁野花竞放，姹紫嫣红，他信手采了一束野花，在一朵行将凋零的波斯菊旁，他把一只气息奄奄的蜜蜂扶上另一朵花房。但是，那么多虫子明亮的眼睛盯着他——

　　证明三：小明一边走，一边踢踏着路上的石子：一二三，——他不明白，数学课老师黑板上的石子和路上的石子有什么不同，他却总数也数不清。他一不小心扭了脚，咬着牙坚持向前走，步伐越来越慢。

　　证明四：小明看到路旁刨土豆的老人，问，土里为什么会长出土豆？土豆是听到布谷鸟的第一声鸣啭后就藏进土里吗？它为什么会躲到秋天才出来？它被您背回家是因为即将来临的冬天的寒冷吗？

证明五：一阵急促的雨点打到小明头上。一只灰喜鹊急匆匆的影子从他头顶划过。小明似乎听见不远处树杈上小喜鹊叽叽喳喳焦急的呼唤。冰凉的雨点从发梢贴着额头滑过鼻梁，钻进他的嘴里。还有一些急性子的雨点索性直接扑进他的嘴里。雨点的味道有些苦，它们是因为苦而被抛弃的吗？

证明六：小明想起《最后一课》中韩麦尔老师凝重的面孔，时间流逝多可惜。他加快步伐，但时间像怀中跳跃的小兔子，拼命抓也抓不住。他只能看清脚尖前三尺远的地方，也想象不到十公里到底有多远。时间也像一包花花绿绿的果冻，总在前方招着手，诱惑着他，但却怎么也够不着。那么，时间就是迷宫喽，丢一只沙包进去，无声无息，会从另一个方向弹出吗？

证明七：小明能看见，学校就在那朵大大的白云后面。头脑中一群虫子嗡嗡乱撞。那是记忆的阀门关闭前一群不肯坐以待毙、束手就擒而暴乱的虫子。那是他一路关进记忆口袋的小动物们不肯屈服的呐喊。

证明八："活着，莫非就是顽强地完成一种记忆？"小明无法证明何时才能到达学校！

对一头驴与磨的分析

自驴创世以来，便拉着磨转来转去，不分昼夜，好像那才是它的终极义务。其实，驴与磨的关系细若游丝。

1. 对于驴来说，磨是一个抽象、非人性的存在。一个不可认知物。对磨来说，其命运需要通过一个中间人的发布而依赖驴来完成。驴完成的只是磨的命运，与自身无关。

2. 中间人是谁？在他缺席的状态下，驴也会不断重复同样的命运。他具有匿名性。

3. 中间人是一种暴力代表吗？这种暴力衍生了一类无所不在的恶，驱使驴拖着一个莫名的物无休无止地走下去。

4. 驴并不甘心附属于磨的命运。它头脑中根深蒂固地对于磨的解放性幻想与中间人的允诺合二为一，使它甘愿加入平庸的恶的行列，坚定地拖着磨，一圈一圈重复一种非人的命运。

5. 驴也成为帮凶，或暴力的一种。

6. 驴要获得解放，必须把世界简化为一种图式：这个世界除了磨与驴，别无他物。中间人只是磨的代理人。既然磨只是一种抽象的死物，驴完全可以想象并逃向另一个自由的世界。它和磨之间并没有终极的契约与义务。

7. 中间人并不具有人格，同样附属于非人的存在，一种隐匿的暴力。

8. 在卡夫卡的《一道圣旨》中，国王（磨）还是一种隐匿性的存在，不可认识，不可理喻。如今，磨的全部脆弱在驴面前暴露无遗，驴与磨处于短兵相接地面对面的体认中。驴为什么甘愿接受一种非人的命运？难道驴在暴力的重负下已成为亡灵式的存在？驴已成为中间人"恶"的同伙、"恶"的一部分？成为无命运、无内容的非人式存在？一种万劫不复的犬儒式结局，最坏的结果。

9. 驴存在对自身命运的误认：正是在对他者（磨）的误认中，驴完成了对一头驴命运的认同，自觉屈服于一系列符号强加的"义务"。这是磨乐于见到的。它希望自己成为驴在现实中难解难分的同盟，不可拆分的同一体。

10. 这个世界并不缺乏对恶的认识与幻想，缺乏的是对恶的行动。

11. 只要驴对磨的幻想不解除，驴就无法挣脱磨的奴役。

刺　猬

　　我看见周身的刺一根一根坠向四周黑暗的泥土，悄无声息。如果坠落得更多，我不仅会失去防御的武器，沦为更强大野兽的腹中之物，还会失去御寒的盔甲，被冷酷的同类抛弃。

　　但刺还是一根根坠落，有些地方已泛出粉红色的肉。

　　这或许就是衰老的证明。如果掉光所有的刺，就可以躺倒在松软的泥土中，美美地睡一觉了。这么多年因为它们，你始终保持警觉，从未完全闭合双眼酣睡过。你始终保持站立的姿势，巡视着四周，以致双足已严重变形，筋骨强烈地扭曲，嵌入泥土。你已习惯了站着入眠，只要一片羽毛滑落，也难逃你机警的耳膜。

　　那些沾着阳光、汗水、血腥、果实的日子不再了。周身每一根刺都附着一个不可磨灭的回忆，每一根刺都曾和一个个坚持、荣耀的日子连在一起。

　　你讨厌刺下那一坨粉色的肉。肉即泥土。肉终归会被泥土覆盖，化为泥土的颜色。你渴望那些肉一点一点缩小，变成刺，又披挂一身密密麻麻的铠甲，在广袤无际的大森林间翻山越岭，披荆斩棘。每座森林都有你开辟的秘密道路。每一条道路都曾刻下了一个闪光的名字：你，你，你。

如今，你终于意识到，你的对手并不是比你强大的兽，而是四周泥土中窥视的眼睛。只有泥土比你强大。虽然双足因弯曲而要求进入泥土，但一团烈焰在你的胸腔熊熊燃烧。它要阻止那些刺继续坠落，它要催生更多更密的刺从肉体中拱出、成长，它要你始终保持站立的姿势重复一个故事：

天鹅拔光了毛，对鸭喊：

我和你们一样了，再也不用飞翔了。

鸭拔光了毛，对鸡喊：

我和你们一样了，再也不用游泳了。

鸡拔光了毛，对鹦鹉喊：

我和你们一样了，再也不用觅食了。

老虎拔光了毛，对它们喊：

你们和我一样了，快快进洞吧。

收集亡灵的人

他从办公桌后的抽屉里钻出来，爬到椅子里，满面春风，眉飞色舞，兴致很高。

我靠近他："那些文件还要发吗？"

"必须发，一份也不能少。"

"但那些文件也许会被原封不动地退回来。他们并不需要。"

"它们至少巡游了一圈。"

"为什么？"

"它们留下了自己的标记、气味、喜好、颜色，甚全，它们还有所获。"

"会有所获？"

"它们与人毕竟不同，像潜行的空气，时时刻刻悬浮在人的四周。他们无法拒绝。"

"但那些人是不会屈服或认同的。"

"不见得，有些人体内的亡灵已被带回来了，就锁在你身后那一排排档案柜中，永远逃不出去了。那些人会循着亡灵的气息而来，也会被锁进去的。还有一些迟早会被捕获。"

"他们如果主动上门来会怎样，像我？"

"我要看看藏匿在他体内亡灵的颜色、气味，如果是无色无味的，就放它走。"

"你喜欢无色无味吗？"

"这是我的同类啊。只有这样，它才可以穿透一切障碍，扩散到任何空间，侵袭并附着到所有物体上。"

"亡灵也是肉吗？"

"似肉非肉。"

"我来，只是想找一份传递文件之类的工作。"

"我可以答应你。但前提是你不能阅读任何文件的内容，否则我担心你会放弃这份可不轻松的工作。"

"我想我可以胜任的。"

"你迟早会认同我。你需要这份工作。"

"哦——"

说完，他屈身又缩进办公桌后的抽屉里。

驾车人

当我从前任手中接过这辆车时，它已在路上跑了一百多年。他说，你的工作就是驾驶这辆车子一直向前，目的地就在远方。不要问为什么，不要问具体方位，我也不知道。就这样，我跋山涉水，昼夜兼程地赶路，已四十余载。我的躯体由于长期驾驶呈"L"状，已无法直立，脑子里只剩下一个念头：赶路、赶路、前方——

这辆车搭载了五名乘客，是我这么多年的旅伴。他们和我一样，坚信目的地就在前方，虽然并不知晓具体方位。他们能付给我唯一的报酬就是一路陪我聊天解闷。或者，车辆出故障时，一起帮忙维修。除此而外，我找不出他们不下车的理由。

脑瘫者说，我的童年就在那里度过。那里有我所有的记忆。我经常梦到从一条河流上苏醒，自己化成了小水珠，跳来跃去，一无所有。

盲者说，我的故乡山清水秀，四季如春，那里的人们风餐露宿，几乎不食人间烟火。他们说要有山就有了，要有水就有了，要有吃的土里自然就长了。他们甚至不明白自己与身边那些花花草草、飞禽走兽的分别，他们仍然认为其实并没有心。心是虚妄的。

空心人说，虽然手术摘除了我的心脏，我依然很幸福。我的幸福就在远方的爱之中。我的爱人就居住在前方的重重山峦之后。当我年幼时，就已想象出了她的模样。我们的躯体像蛇缠绕在一起，我们口对口呼吸，手把手喂食。如果我感冒她就会发烧。我们甚至是一个人。

猿人一边拨弄手臂上的毛，一边说，我之所以要和你们搭一趟车，是因为我要寻找那本书。万书之书。天一下雨我就会落泪，花一开我的躯体也散发着香气。我内心的秘密全在那本书中。"哦，那纯粹、矛盾的玫瑰。"我还是希望，那本书并不存在。

最后说话的是最年长的老者。时间的重负已使他虚弱不堪，不时喘着气，深呼吸，像临行前的囚犯。脸上的皱褶凹凸分明，不时有不知名的小虫子从里面爬进爬出。他的四肢长期耽于思虑而缺乏移动已严重蜕化，萎缩成鸭蹼一样的物件。他说，信仰就是享乐。当我的目光从眼前的景色一一掠过时，它们就成了信仰的祭品或肥料。我信它们，我相信，远方也会使它快乐的。

而我的目的地在哪里呢？我接赶这辆车时，就被剥夺了询问的权利。我只知道，不得不昼夜兼程，继续驱车向前。在我找到下一个驾车人之前，或因年迈不得不卸任时，我才被允许放弃这份工作。另外，我还不得不要为车上搭载的几名乘客着想呢，不然，这空空如也的车子，凭什么义无反顾，一直向前呢？

佝偻人

夏天来了，佝偻人召集佝偻的儿子。

——"一起居住。"

——"我不知道。"

——"一起给信仰搭建一个金色的圆顶，不再风餐露宿。"

——"我不知道。"

——"一起原谅过去，不再诅咒口水般的苦日子。"

——"我不知道。"

——"一起跳舞，还对明天说，梦里的彩虹会照常升起。"

——"我不知道。"

——"一起吃啊喝啊，再寻觅一个快活如猪的伴侣。"

——"我不知道。"

——"一起商量，要把债务的账单全部背负。"

——"我不知道。"

——"一起换上黑色的装束，捕获更多的猎物。"

——"我不知道。"

——"一起诵读一种没有字迹的经文，就着干瘪的面包。"

——"我不知道。"

——我知道，佝偻人曾经流淌着黑色的泪水，如今只能分泌一种透明的汁液。他们痛苦，只能捶打已遮住天空的背。他们流泪，只能和着倾泻的雨水一饮而尽。

——他们既没有过去，也不希冀未来。像攀附在岁月遗照边缘的鬼魂，轰然而来，又轰然而去，激起一阵烟尘。

人·影·兽

盛宴即将结束，钟摆悬在空气中左右晃动，时间像喘着粗气的机器，一动不动。人、影、兽长时间陷入沉默。

人：我们曾经抱成一团，一个无法称呼的肉状物。如今，我想逃离，尽快逃离。

影：你不可能逃离！我是你的！

兽：你无处可逃。

人：因为有影子，所以我不寂寞。你曾经是我的代理人，我的秘密，我的重量，我的另一个或好多我。没有你，我就是看不见的空气，飘忽的一阵风。想想吧，如果所有物都没有影子，该怎么命名，法律也会蒸发掉，像气泡。

影：但我现在还无时无刻地在你左右啊，如绳索，你摆不脱的。甚至你的梦里也有我的房间，床上你爱人的颊旁还有我的余吻，你穿过的衬衣也有我的斑斑汗渍——

兽：我可以做证，虽然我没有眼睛看不见。那些气息是多么熟悉！

　　人：闭嘴！影子，你们成群结队，无处不在，侵占了我所有空间，所以我才必须逃离。你们如背上的巨石已压得我喘不过气，快挪不动步子了。

　　影：我们为了你便利、舒适才帮你的。影子家族也是互不相识的陌生人，我们都是你授权的影子啊。

　　兽：也带我走吧，你们俩或任何一个。好像我是多余的。

　　人：我已看不到自己影子了，你们是谁，我不认识你们。你们又是谁的影子。你们一定对我有所图谋！

　　影：你早该明白这一天的降临！我们要你成为我们的影子，看不见的影子，而不是母体。

　　兽：无论谁是谁的影子，你们选一个做我的主人。

　　人：外边多么热闹，是影子们聚会吗？是要我离开吗？

　　影：谁会在意你！是我的兄弟姐妹举行盛大派对，每天都举行，主题略有不同而已。我们有的是主意和想象力。你乐意参与也可以。

　　兽：我乐意，不论何年何月何处何地。能满足我小小的欲望就行。

　　人：在你们面前，我反而像幽灵了。你们本是幽灵，现在，仝一样了。这个幽灵世界！

　　影：无法逃避！谁也无法！如今，我们才是你的主人！你在不在不重要了。

　　兽：谁带我走？我无法感知，内心混沌。那些旧时光多好，我跟你们去谈恋爱，我也曾青春勃发，爱憎分明，立场坚定。但现在，欲望图景一片模糊，欲望真令人厌倦，也感觉不到疼痛，感觉不到饥饿，外面冷不冷，没有风吗？

人：我不知道，我不知道该到哪里去。

影：你哪里也去不了！到处都是我的影子兄弟，没你的地盘了。

兽：那么，我也只能留在原地了？

人：听，远方的钟声！时候不早了，总该有一个地方可去。

影：幻觉吧！那是影子们狂欢的鼓声吧！你凭什么让谁收留你呀！

兽：听到这铿锵的节奏我就亢奋，你俩快带我离开吧。

人：我曾经一直沉浸在幻觉中：幻觉的现实、幻觉的激情、幻觉的乌托邦、幻觉的行动，幻觉着你们的忠诚无私、幻觉着你们的良心发现、幻觉着我们共同的幻觉。看来，我才是一个彻头彻尾的幻觉！

影：和你无关。我们都不知道主人是谁。你还是快拿定主意，走还是留？时候不早了。

兽：脑残人、无脑人、乌有人、幻觉人！必须要接受事实吗？

人：幽灵就是空气。幽灵不需要等待，不需要思考，不需要希望。幽灵只需要兽一个怦怦乱跳的心脏。我还是希望——

影：希望如一个汉堡、一杯咖啡、一双旧鞋平常，希望就是放弃希望后涌来的一阵雨点般的捶打和狂喜。

兽：希望是一只盲目的癞蛤蟆，整天春心荡漾，想入非非。

外面的嘈杂声波浪般越来越高，快到狂欢派对的高潮了，几乎淹没了里面的谈话声。人、影、兽僵持着。

人：幽灵世界，谁有资格做幽灵主人。我还是与兽为伴，寄居在幽深的黑暗中，依靠兽一点点的体温取暖，至少还可以目睹狂欢派对的高潮与结束。

影：我也要出去了。

兽：那你就是我，我就是你了。没有烦恼了，多高兴。

人：我在兽体内，还是兽在我体内，没有悲伤，没有喜悦，没有希望，没有绝望。黑暗像一层厚厚的油漆裹着我，只能听到牙齿摩擦的咯咯声。我还有一个梦想，与这个世界有关，却从未启齿，因为毕竟我曾是影子与兽的主人。好像传来的是，远方的钟声——

影与兽：多么欢乐的时光！多么充满诱惑的世界！让钟摆永远静止下来吧！谁说天下没有不散的筵席，大同世界，魑魅魍魉，起舞吧！

重与轻

　　从未感到如此重，好像一个世纪以来出生的人都住在体内，一百年前的死者都拥抱着我。我走路，他们率先前行，挡住去路。我吃饭，他们摔碎碗筷，吃光我的米饭。我说话，他们抢着发言，我的舌头被他们替换。他们替我生活在蓝天下、空气中、办公室、公交车站、餐馆、超市，熙熙攘攘，兴高采烈，好像我只是他们不得不丢弃的褴褛衣衫。好像我千辛万苦从乡村来到城市，举行完成人仪式，即刻必须后转、回返。

　　从未感到如此轻，好像一个世纪出生的人都沉睡在体内，再也不会醒来。即使昨天刚生的婴儿也在四周呼呼大睡，一圈又一圈。我走路，他们喝彩，整齐划一的口令，好像急于甩掉一个沉重的包袱。我吃饭，他们递过五颜六色的刀叉，患厌食症的他们只有一个义务，就是必须把我喂饱，然后和他们一样再厌弃整个世界。我说话，他们全部沉默，他们知道怎样使用冷漠的斧头把激情一下一下削成冰凉的石块。我替他们生活在旷野，好像世界只有一个人便完全足够，好像我还有一个永远无法完成的义务：必须轮番一个一个扛着他们，走过漫漫旅途。而他们的责任只是告诉我，沉睡就是生命最好的证明！

从未感到如此静，好像必须唤回几百年前的另一个"我"才能安抚自己，好像必须推醒即将出生的另一个"我"才能更有信心。好像生命必须敲打着骨头的铃铛穿越死亡，得到死亡的祝福才能养活自己。好像死亡必须通过生命的损耗才能积攒更多的养分以分娩更加茁壮的未来者！

伤　口

　　我长成了一道伤口。一道深嵌在大地冰冷的表皮、闪电般黑色的伤口，一道既不会冒烟、也不会沸腾、永远无法凝固的伤口。

　　出生，就是携带一道神秘的伤口宣告：世界是畸形的。

　　因为它，我永远长不大。妈妈说，我不是她的孩子；石头说，我不是他的兄弟，我会痛；鹰隼说，我不属于这个时代，因为没有能够凌空翱翔的翅膀。当它们往前飞时，我只能怔怔地睡在污泥里，移动都困难。

　　伤口越长越大，我越来越小。

　　终于，我长成了一道伤口。我彻底消失了：世界的血就是我的血。如果还有自我，伤口的自我又是谁？一道黑色的深渊，该怎样命名。

　　暴虐的雨水冲刷着旷野，伤口是一座最好的仓库，收留了废墟、信仰、野兽这几个面目不清的客人。他们践踏它，咒骂它，想凭借心底绝望的巨斧斫成的梯子逃离这个摸不着头脑的废仓库。

　　伤口越长越大，既不会冒烟，也不会沸腾，映照着千年河山。住在他心里的人儿，是否都会消失得无影无踪？

早起的儿子们

为什么，为什么不肯睡去，早起的儿子噩梦连连。他害怕被噩梦掳掠而去，再也找不到回来的路。他害怕从他身上出走的你，一扭头已是陌路。父亲呀、母亲呀、兄弟姐妹呀、朋友呀、妻儿呀都走了，只剩下羸弱不堪、残破不全的你，还与他并排躺在这里。噩梦有张天使的脸，只讲人剥削人、人骗人、人吃人的鬼故事，它说给它打工吧，稳赚不赔，但要戴上前行的轭，但要陪它一路走到底。

为什么，为什么不肯睡去，早起的儿子像冻僵的石块，守着一个秘密。他害怕时间丢了，记忆丢了，欲望丢了，喜欢的你也丢了，那他就只剩一具空空的壳了。一具空空的壳，像一座寂寂冷冷的坟墓，留守的除了不能解脱的亡灵，还是亡灵；除了咬牙切齿的诅咒还是诅咒。所以你不能睡去，他才不会睡去；你要说情话，他才不会冻僵；你要对他讲你所说的曙光究竟是什么意思，他才不会在只剩半张脸的黎明上再打个死结。

为什么，为什么不肯睡去，早起的儿子像自吞苦果的囚徒，不肯回头。道路是一条绳索，花卉是第二次毁火。梦挖掉他的躯体，一块一块，越来越轻，一阵风就可以令他无影无踪。更何况，梦的尽头还有那个满脸阴郁、尽职尽责的佝偻小人。只有你肯留下来，只有你会在他焦躁不安的时刻，大挥铁锤，咚咚咚咚，敲击他昏昏欲睡的头颅。只有你会咯咯咯地笑着，既嘲笑他的愚蠢又赞赏他的偏执。那么，你说说，早起的儿子们究竟是一堆愚不可及、自毁前程的废料，还是黎明前与萤火虫载歌载舞的无知小儿？

只有它们还在孜孜不倦地梳理

　　我的毛发已经够长，长得遮住了以往的岁月。毛发如此细密、绵长、厚重，拖曳着，把细小的躯体固定在原地，难以移动。那么讲个故事吧。故事空空只有一个人（或者面目相似难以区分的无数个人），他自出生就只配生长又细又密的毛发。他哭啊笑啊毛发也哭啊笑啊，毛发宛如他唯一的伴侣和财产。如果谁有不同意见，扒啊扒那些又黑又长的毛发却永远找不到他的嘴。只有它们还在孜孜不倦地梳理你的毛发！

　　我的毛发已经够长，长得已看不出年长几何。毛发如此细密、绵长、厚重，拖曳着，把细小的躯体固定在原地，难以移动。那么，睡吧，有这些毛发卫士护佑，谁又能靠近？只有酣睡者的血才会冷却，才能抵御外界的寒冷。你是一块只会反复梦见自己的冰，你的梦只够一块冰居住，那些寒光闪闪的觊觎者能奈你何！如果谁有不同意见，扒啊扒那些又黑又长的毛发却永远找不到你的心（心早已冻结为冰）。只有它们还在孜孜不倦地梳理你的毛发！

　　我的毛发已经够长，长得挡住了体外所有的哀号。毛发如此细密、绵长、厚重，拖曳着，把细小的躯体固定在原地，难以移动。那么，继续变小，变小吧。变成一粒没有胚胎的种子，这样就不需愁容满面，担心一天天长大，挣脱毛发，被四面楚歌的哀号包围。再变成一朵加速燃烧、心生毁灭的火焰，直到成为一堆没有温度、又聋又哑的灰烬，这样就会远离忧惧！如果谁有不同意见，扒啊扒那些又黑又长的毛发却永远找不到你的躯体，只有空空如也的毛发。只有它们还在孜孜不倦地梳理你的毛发！

我的毛发已经够长，长得足以缠绕并搭建一个异托邦的穹顶。毛发如此细密、绵长、厚重，拖曳着，把细小的躯体固定在原地，难以移动。那么，欢迎光临，进入笼中，共度欢乐时光。笼中没有水，没有沙，也没有光，只有一列列鸦雀无声的速食罐头，还有阵阵眉来眼去的浪笑和嘲讽。笼子这么大啊，你一辈子也走不到头。你说要有狗，就会有一群狗前呼后拥地狂吠；你说要有情，就会有雪花般的情人铺天盖地、一拥而上来亲嘴。但笼中绝不会有风暴和闪电，人是唯一的奢侈品，你从来没见过！如果谁有不同意见，扒啊扒那些又黑又长的毛发却永远找不到你一直寻觅的苦恼的金钥匙！只有它们还在孜孜不倦地梳理你的毛发！

七　日
——向世上的破冰者致敬

七日之前，我静静地躺在混沌的坚冰之上。像个游魂，在厚厚的蛹壳之内，做着漫无边际的梦。

第一日。重复做梦的日子。我是一粒既不知希望也不知绝望为何物、无足轻重的种子，以梦为马，驰骋在一个不知天有多高地有多广的国度里。

第二日。蛹壳下巨大炸裂的声响惊醒了我。这是大地母亲苏醒的喘息声。

第三日。一旦从梦中醒来，就再也难以入睡。内心心荡神摇，春心荡漾，蠢蠢欲动。周身的壳像盔甲紧紧箍住我柔软洁白的躯体，燥热难耐。

第四日。难以入梦。梦如城堡，曾经庇护了多少怯懦软弱的心灵啊，任凭他们把世界涂抹得五颜六色。而躯体外坚硬的壳只会越箍越紧，把梦逼入狭小的角落，直至挤压爆裂。

第五日。蛹壳外传来由远及近的脚步声，还传来一阵阵咔嚓、咔嚓的斫冰声。

第六日。流水哗哗。周身的壳变得渐渐松软起来。另一个我将接上我逃离这个封闭、逼仄的空间。否则，我必将胎死腹中，提前夭折在这厚重、坚硬、干瘪的蛹壳内。

第七日。安息之日。重生之日。周身的蛹壳已经破裂。我彻底摒弃了梦，漫无边际的梦，一个游魂者的梦游。我需要一次行动。从一粒无足轻重的种子长成一棵播撒欢乐与爱的参天大树。

太初有道，道就是行动。

等　待

外面乌云密布，狂风怒号，暴雨如注，站台上空无一人，接车员昏昏欲睡。

——列车到底何时才能到达？
——那要看老天的好心情！

——老天！列车长不是老天？
——无人驾驶的列车，从哪里来，谁知道又会驶向哪里！

——漫无目的的茫茫长旅，多么焦虑不安的客人！
——站台有何意义？但愿他们长睡不醒，免受惊扰！

——但你总有要接的客人？
——无名无姓的客人。乘车者，早已抹掉了所有记忆。

——你在等待谁？

——等一个词：到达。一个抹除了所有希望的词。一列隆隆抵达的列车。乘客拒绝下车的无名列车。

　　——总会有新的列车，新的乘客，新的目的地。
　　——但愿老天有个好心情，欢迎他的新儿女！

　　——但愿都不要再等待！
　　——但愿你我从此失业，各奔东西！

　　外面乌云密布，狂风怒号。站台上的我泪如倾盆。我心如止水，两手空空。或许，我也是列车上的乘客一个，因为误入歧途，如此蹉跎，垂垂老矣，把等待变成了一项终身事业！

愚人船

愚人船，迟迟发，迟迟发。匆匆生，匆匆生，来不及死！来，我们一起乘船去看烟花雨。

船下有妖怪和惊雷。扭过头去，扭过头去，长舌狂卷焰火，死亡似盐：一层甜的白，一层黑的苦，一层蒸发无影踪。

他们说，船到桥头自然直。岸上焰火无数，唯有灰烬落满怀，不见人，不见人。

愚人船，夜夜笙歌，他们拒绝下船看焰火。让妖怪与惊雷上来吧，擦掉脸上灰烬，我们就一样啦，一样啦，就可以齐声高歌啦——

他们说，匆匆生，匆匆生，一起上船吧。焰火远在九天外，不如一起敞开怀：生者似雨，死者似盐，融化在雨中的盐多么白，多么白。

愚人船，缓缓行，今夜欢乐如洞，狂歌更作长蛇舞。叫醒妖怪，点燃惊雷，来得及的都带上吧，我们要看烟花雨！

他们喊，上船吧，上船吧，别忘了你的兄弟姐妹啊，别忘了身旁的魑魅魍魉啊，否则就没机会啦！

我们一起去看烟花雨。

来，替我做个梦

　　风呼呼刮，水哗哗流，躯体瑟瑟抖，来，替我做个梦，我就可以闭上眼睛不问东西跟你走。我越走越冷，快要冻僵，你就安上假眼，装上假肢，再拽上太阳通红、通红的裤管，央求带上我们一起走。你的梦铁青着脸，一声不吭。你说，来，我们一起烘烤她，烧红她的背，骑上一起走。

　　风呼呼刮，水哗哗流，躯体瑟瑟抖，来，替我继续做个梦，把过去的梦也扛上肩头一起走。我问梦里的人长啥样你说刷刷牙再说但我看到他们尖利利的牙齿；我问梦里的平原为什么除了血迹就是哭声你说因为天上的雷太大太大大没有人能逃脱；我问为什么扛这么多梦还冷你说因为你的梦还不够沉不够深没有吻遍她一千英尺的铁石心肠直到她回心转意。你说，来，我们继续烘烤她，烧黑她的背，骑上一起走。

　　风呼呼刮，水哗哗流，躯体瑟瑟抖，来，替我继续继续继续做个梦，直到住进梦里，任她扛上我们一起走。梦里歌谣多么美，人的腰股多么软啊，我拼命张开眼却什么也看不清。梦里东方的嘴唇叠着西方的嘴唇，它们说亲吻一千遍也不够。我看见满地惨白的牙齿、带血

178

的牙齿、咯吱咯吱撕咬翻滚的牙齿、窃窃私语的牙齿，牙齿堆积的小山拦住了我的假肢与假眼。你说闭上眼睛闭上眼睛，任她扛上我们一起走。我说梦游人啊梦游人松开你的缰索不论你东方的水还是西方的沙，我已决心卸下你的轭，弃掉假眼和假肢。你说，来，我们毕生都要烘烤她，烧干她湿漉漉的背，骑上一起走。

　　风呼呼刮，水哗哗流，躯体瑟瑟抖，来，你继续做你的黄粱美梦吧。我宁愿像个哑巴，像个盲人，像个瘫子，骑上早已干得龟裂的背，像空气一样消失得无影无踪。

七兄弟，七个梦游人

　　第一个兄弟用云彩编织一朵一朵的梦。额头沾满湿漉漉的露水，惬意又温柔。云彩母性的手掌轻抚着他的病躯，他梦到自己变成了风、变成了雨、变成了说梦话的石头、羞怯的花苞。偶尔，他也会梦到自己被漫野溜达的白虎叼走，只剩一摊撕心裂肺的血水，反射着无望的光。

　　第二个兄弟用肉体编织一朵一朵的梦。肉体太黑呀，箍得他几近窒息，大汗淋漓。他拼命蹬啊蹬，四周只有滑溜溜的壁。肉体是个没面孔的神，挟上他一走就是几万里，昏天昏地，难辨方向。她无缘无故地请求他原谅，请求再给些时间，她就会长成河流，化为泥土，他就会骑上她回到故乡。

　　第三个兄弟用冰激凌编织一朵一朵的梦。冰激凌工厂住着冰激凌皇帝。冰激凌世界，梦被冻僵的世界。他从未感到如此饥饿。如果可能，他宁愿化为冰激凌工厂流水线上蜡烛状的手指，吞下这些命运转瞬即逝的冰块。他也从未感到如此厌恶这个冰激凌般的单一世界，但冰激凌皇帝琴弦已断，再也无法弹奏出一个清晰的和弦。

　　第四个兄弟用回忆编织一朵一朵的梦。心碎目盲，回忆太久远，他昼夜织呀织。回忆织就的盛装五彩斑斓，但吹弹可破，多么脆弱，一阵风就吹得无影无踪。普鲁斯特的无能是时间的无能，谁能堵住死亡黑洞洞的嘴。他注定是黑夜的儿子，只能赤条条地逃入夜色以掩饰自己的丑陋。

第五个兄弟用爱编织一朵一朵的梦。爱是神遗弃人间的破袜子，热爱行动的人才配得上它的尺码。肉体太沉重，爱难以抱上它飞翔。爱情太自私，只有一个空洞的密码。但他只能画出爱的一只眼睛，另一只留给那个凭勇气行动的人。他们未必洞悉行动的秘密，却一定明白，爱，不仅仅属于人间。

第六个兄弟可能是我的影子。他千辛万苦来到这里，一定与梦无关。他前世就是个织梦人，所以他痛恨梦，痛恨与梦有关的世界，痛恨住在可怕的废墟和空虚里却以梦的灰烬取暖的人。或许他唯一活着的理由就是替别人解梦。他告诉喜鹊把梦埋入泥土，告诉麻雀把梦嚼碎再外出觅食，告诉我一定要醒来、醒来，一定要穿越所有人梦境才能获得些许可怜的慰藉。而这正是世界存在的缘由。

第七个兄弟是谁？是那个黑着脸、一声不吭的守门人。我强行拉他入伙，而他晃荡着锈迹斑斑的锁链无所事事。我说给我看看你心跳的颜色，他说他心脏如鼓空空如也。我说给我看看值守日记哪些人可以进来哪些人可以出去，他说他对人间的事情既不关心也　无所知。我说我将与你山盟海誓长相厮守你该有个名字，他说你能看得清我的面孔就该知道我的名字。黑着脸的兄弟，没有面孔的兄弟，或许他不属于人间，只是一个梦游的鬼魂，以向非人间出售梦境为生。但大门内的兄弟们除了没日没夜地织梦、按时向他上贡梦想，一个个休想逃得出去。

西西弗斯，离开巨石

这是巨石下坠之夜。

也是盲魂苏醒之夜。

回荡四周的只有经久不息的笑。荡笑。耻笑。讥笑。浪笑。傻笑。苦笑。枭笑。讪笑。媚笑。嘲笑。冷笑。狂笑。欢笑。狎笑。怪笑。狞笑。哄笑。嬉笑。奸笑。睨笑。枯笑。

笑声一浪高过一浪，要拉盲魂加入。盲魂只是半个人，躯体内的器官正发育，只能听见空空荡荡的器官间来回呼啸的风。

巨石下坠之夜。喜剧之夜。笑声如飓风卷起大地，大地就长出挂满铃铛的树，一起合唱，一起开始合唱。

你看见星星划向大地的痕迹了吗？反讽：一把巨刀，把命运的头颅——割下。

巨石下坠之夜。孜孜不倦之夜。

越来越高亢的声浪里，盲魂苏醒，携带一颗秘密的种子苏醒。巨石与他无关。横亘眼睑之上的，是一条永恒的斜坡。

废墟 (二)
——给佩索阿

我的一生是一座倒着生长的废墟。

我的理想是成为废墟的主人。不吃也不动，像个游魂，守着她，永恒地占有她的欲望、梦想与荣誉。

那时，废墟生下我，我还有一颗纯洁无瑕的魂魄、一副矫健柔韧的身躯、一双动物般清澈透明洞若观火的火眼金睛，但我注定是一个多余者、一个无父无母的弃儿，像个不得不躺在冰冷的泥地上、茫然四顾的幼兽。

我是大废墟下一座小小的废墟，气若游丝，无足轻重。我的命就是向废墟回归，就是倒着生长，最终回到不可分割、血肉模糊的废墟中，成为魂飞魄散、坚如磐石、冷若冰霜的一块血肉，结晶的血肉。

他们说，带着你的魂魄飞翔吧，远离废墟。我的魂魄虽然空空荡荡，但上面打满黑色的封印，重得难以起飞。

他们说，带着你的魂魄回归大地吧，把你埋得更深，远离废墟远离你的命运。但我的魂魄长满不结籽的稗草，只能成为滋养废墟的废料。

我是一座生长千年的废墟，废墟里住满了失明的盲魂。既不渴望生长，也不盼望睡去，只希求永恒地占有这黑漆漆的废墟，成为既不会受孕也不会流产的一团血肉。

废墟外狂风怒号，废墟内的我夜夜笙歌，寻欢作乐。如今我对如影随形的魂魄已厌倦透顶，它同样对我恨之入骨。它曾苦苦哀求成为一团空气，一摊血水，但它毕竟是我的终身伴侣！我希望有一只巨掌能够平息它的愤怒，让其知晓它毕竟有一副人的面容！我还希望一阵阵强烈的吻降临，把它与我紧紧地搂在怀里！

土豆花

　　十岁时，我是泥土下跳舞的娃娃，嘴唇刚好吻到天空。天空蓝得叫人发慌，似乎每天要我起立，准备迎接并不存在的太阳。太阳也是泥土中跳舞的娃娃，手拉手，没有家乡。

　　二十岁时，我是泥土下练习飞翔的朝霞，嘴唇已经咬破天空。天空渗出殷红的血，一大朵一大朵血红的花教育我：生命是时明时灭的灯盏，需要你终生点燃。但头顶的收割机昼夜割呀割，你眼里的朝霞从未来得及发芽。

　　五十岁时，我是泥土下沉睡的侏儒，嘴唇已被天空烤得发黑。天空运来阵阵乌云，我收拾行装，毁掉胎记，用泥土把自己埋得更深更深。一阵风吹过，我就老了百岁。一阵雨飘过，我再也不会思念那些长不大的跳舞的娃娃。

　　八十岁时，我是泥土下热爱命运的一团烂泥，嘴唇与泥土融为一体。天空像转瞬即逝的一个幻象，看不清，道不明。我既不赞美也不诅咒生命，坦然接受腐烂命运的捶打。身体空空，混沌又盲目，仿佛废弃千年的仓库，等待彻彻底底地融化，彻彻底底地消失。

　　零岁时，我是泥土下哼着歌谣的土豆花，嘴唇已被天空堵死，像随时奉献自己的战士。"土豆花，土豆花，风吹雨打都不怕。"天空一无所有，空得令人抓狂。幸好娃娃、朝霞、侏儒、烂泥已经腐烂，幸好我又可以重新发芽。芽倒长天空下。天空如镜，倒映它痛得发红的根须，如根根铁丝网把所有的死亡封锁。土豆花，土豆花，与死亡赛跑的花，义无反顾的战士，你的生命该怎样计算？

生长的大地

你说，你是大地！
我说，我只看见一片扑闪着翅膀、粉红色的胸脯！

你说，你的大地景色分明，人丁兴旺，人们像鱼群一样只关心粮食，不关心黄昏，更不关心黎明。
我说，我只看到粉红色的胸脯，粉红色的饕餮盛宴川流不息。人群争先恐后，拥作一团，不关心时间，只关心嘴唇，仿佛被遗弃在人类之外。

你说，你需要嘴边的一洼水，只要能保持安静的睡眠。
我说，我需要头顶嘶吼、狂啸的空气，即使污浊不堪，至少能翻个身！

你说，你只关心肉体，如一朵花盛开的肉体。肉体即大地。
我说，你的大地收获了多少虚无的果实啊！那些果实几千年一个样，果壳空空，挂在孤零零的枝头，既不会掉下，也不会招来鸟雀。

多么淫荡的大地！自负的大地！

你说，你不关心收获，不关心生长，也不关心眼睑外四季轮回的一层层灰烬。

我说，你拒绝生长，拒绝爱，永远包裹在宁静、孤寂的壳里。侏儒就是你的兄弟！

你说，你只想做一个幸福的人，从明天起，马放南山，谷烂仓底。

我说，痛苦才是世界的根源，否则，我不会夜以继日地寻觅另一片大地！

你说，你只关心一张嘴，不关心永恒！

我说，永恒是大地惨白的倦容，从嘴边一晃而过。而大地不仅需要更迭，更需要醒来的种子！

你说，大地是个怀抱！

我说，大地更是永不停歇的脚踝！永远需要发明的词汇！不断需要填充的胸腔！是一双双湿漉漉的脚踵后红色的踪迹！

你说，大地，循环、倒流的海！

我说，根扎在哪里，哪里就是大地！

虚无的孪生子

虚无有两只手，一只覆盖着你，另一只覆盖着我。

你在她的掌心跳舞，嚼着越来越乏味的糖。她喊节拍，要你跟随。但你趔趔趄趄，站立不稳，一根绳索越捆越紧。除了眼前清晰的指纹，什么也看不清。

我不会跳舞，也睡不着。我知道自己天生一副侏儒的面孔，怎么也长不大。但我有个好嗓子，唱着含混不清的谣曲，唱着、唱着就忘了时间，忘了我至今还在她的掌心。

你在她掌心跳舞，舞姿多么美啊！这都是她的圈套！她喂你更多、更多的糖，你忘了头顶还有云朵，掌心外还有另一个世界，你还有个多么易朽的肉体！但她命令你跳啊跳，从日出到黄昏！

我不会跳舞，但我钟情于另一种舞蹈——这舞蹈没有节拍，拒绝喝彩，只听命于内心无休止的渴望：把生命带到更高更高处，挣脱虚无的绳索！

　　但虚无的桎梏多么强劲，它一无所有，却蛊惑越来越多的暴力团团围困你，直到你听命于它的甜言蜜语。

　　但你机警的双耳拒绝任何诱惑，耳畔轰鸣的潮汐催促你尽快出发，开始你的舞蹈——拒绝忧伤，拒绝猎手，拒绝赞美，拒绝沉溺，发出一阵冲破天际的欢笑：看，你终消失于你的自由！

　　你看见，覆盖你的巨掌——虚无，已渐渐开始斫裂！

在无意义的天空下，你被烧得通红

在无意义的天空下，我们像垃圾，沉入谷底，挤作一团，不吃也不动。你说这样最安全——没有意义的困扰，没有生的苦恼，退至最后的防线，像心底空空的青蛙英雄。

你被烧得通红，徒劳地燃烧，只有一个目的:成为废品，自由的废品，无牵无挂的废品，固执的废品。你一再坚持自己的目的性——没有目的，好让自己失败得彻彻底底。

你坚信，只有垃圾才是最称职的主人。垃圾父亲，垃圾母亲，垃圾儿女。只有垃圾才有足够的理由向这个世界宣布：世界无药可救，世界病入膏肓。世界只剩垃圾才配享有你的爱！

当这个清晨藏起一只眼重新打量四周的街道时，你发现四十多个岁月只剩一堆被撕得沸沸扬扬的碎屑。你像那个啄木鸟医生，整日整夜把树干敲得震耳欲聋，却从不问它的主人：虫子到底在哪里？在哪里？但城市永远生机勃勃，腐物一煮再煮，热气腾腾的美味一再推至你的唇边——残羹剩汁一滴也不许剩！

　　在无意义的天空下，你被烧得通红，既不相信火焰，也不相信宿命，鬼才知道，垃圾先生何时才会收工！

婊子、豆腐与学徒

有这样一个时刻，他脓疮遍体，心神疲惫，在阴雨连绵的天气赶路。

碰到婊子，她斜目而视。

——快滚开，你这个臭东西，别误了我的生意！

——你的生意不就是把肉体捣碎出售给失明的人。在你的单孔望远镜里栖息的是谁啊？一个自我的碎屑拼装而成的侏儒！对他来说，世界就是头顶那片阴晴不定的云，其他都是虚无批发的小玩意不值一提。确实，你有肉体就够了。

碰到豆腐，长着娃娃脸的豆腐。

——快滚开，你这个不可救药的东西，别坏了我的好心情！

——你的心情就是风向标，仿佛那就是世界的心跳。你已习惯于每日浓妆艳抹出示一副新面具。你说 你有一颗多么纯洁的赤子之心啊，时刻心脏咚咚跳，感觉永远不会老。或许，死亡已关闭了你逃逸的门，你才如干尸上那一层层日日夜夜哭泣的霉菌粉，不停地长啊长。但疯长的只有欲望，像肿瘤每日按时拉响千篇一律的旧警报，告诉大家你醒着。其实，你早已死了，死了几千年。但世界需要你的唾

193

液，需要你的唾液编织密不透风的网，它才能安然入睡，才不会想入非非，才不会疯癫崩溃，完蛋解体。

你还碰到一个心神虔敬的学徒。一副树皮一样沧桑、毫无表情的脸。

——快滚开，你这个行将就木的东西，别挡我的路！

——你的路不就是一只猎犬追逐腐尸的路！哪里有腐尸，哪里就有你的影子！快拿开你那颗虔敬、滚烫的心吧，我只看见你尖利的牙齿下一滩滩的血迹和麻木不仁的鬼脸！你还从未张开过眼，看看你面前的路到底要通向哪里！其实，你并不关心路，只关心你那贪得无厌的胃！但那些腐尸会毒害你，害得你提前夭折！你们这个群体越多，世界就越会放慢它的步伐。瞧！你们已挡了它的路！

在这样的时刻，他无处可去。只有像尼采的查拉图斯特拉，怀着浓得化不开的愤恨，逃向婊子、豆腐、学徒永远也攀登不上的巅峰。他踽踽远行的背影渐渐化作一个散发着剧烈腥臭的虚虚的小黑点，转瞬就被四周一阵阵的腐臭所掩盖。他也是一个病人，病入膏肓的人。唯一的区别是，他会在漆黑的顶峰把欲望的火把越烧越亮，然后像星星一样投向未知的未来。而他们，或许连星星点点的光亮也无缘看得到！

地狱里的垃圾收集员

　　我梦见自己降生在一个无边无际的桶里，四周全是垃圾，将我齐腰紧裹。

　　但丁还戴着那顶奇怪的帽子，在垃圾堆里拼命挪动笨拙的躯体，翻拣着什么东西。对他来说，地狱存在于头脑中。从地狱刮来的风无论如何，都不会搅扰他的日常工作，更不会降低他的薪水。他的贝特里亚采呢？谁知道跟谁闲逛？

　　卡夫卡怎么也拨不亮肘旁那盏昏黄如豆的煤油灯。他只是一个勘测地狱地形的记录员，需要记，不断地记。地狱就是身旁晃动的人影。这些来路不明的人，拖着一条细长、细长的影子，徒劳地寻找着什么。证明？身份证明？他知道地狱不会提供答案，否则就会坍塌和解体。

　　贝克特是个杰出的车间垃圾处理员。他说，地狱里除了垃圾一无所有，甚至人。所以没什么可说的，没什么可写的，也没什么可抱怨的。他书里那些冻僵的人质，在垃圾翻飞的滚筒里被反复搅动也不会醒来。他们拒绝醒来，醒来的世界与垃圾没什么两样，还不如藏在垃圾堆里取暖，紧抱心中那一星不肯熄灭的光斑。我曾经不懈地向他求教垃圾处理技术，他摊开两手空空的手掌——掌心只有一粒如眼泪般晶莹透亮的黑色结晶体！

那么，只剩我了。这个年轻的桶中人。垃圾收集员。桶中降生，还将于桶中死去。桶中岁月，盛大的垃圾派对。所谓地狱，或许就是人人都扮作垃圾天使，向身旁的每一个人强制推销五颜六色的垃圾制品，塞满他们空荡荡的嘴、空荡荡的大脑、空荡荡的眼睛、空荡荡的躯体、空荡荡的梦，直到他们一动不动，被埋入深深的垃圾堆，一起发酵。"贝特里亚采，拿来你的双乳！"一股又酸又呛的乳汁灌进我懵懵懂懂的嘴，我还活着。我还没有完全被分解进垃圾堆中。

我梦见自己完全醒了，垃圾齐腰，看不到光，看不到人，也听不到狂吠的狗。头顶传来一阵又一阵震耳欲聋的咚咚声，仿佛巨锤一下一下把什么钉得更紧。那一定是人了？能挥得动巨锤的人一定有一颗兽类般冷酷无情、非人的心灵。他眼里一定除了垃圾一无所有，包括那些已经奄奄一息被垃圾深埋的人。或许，他才是那个地狱里真正的垃圾收集员。而不是我。他要把一桶桶小山般的垃圾运往另一个地狱。在那个地狱，垃圾镶嵌的墙体金碧辉煌，垃圾铺筑的道路缀满星星，丰乳肥臀的垃圾天使把一瓶瓶香槟强行灌入一个个气息尚存、玻璃般透明的垃圾人喉咙。那些垃圾人纸片一样在空气中飘来飘去，似乎一道道弯曲的人形闪电。总之，垃圾终于派上了用场，装饰这个无边无际的地狱宫殿。那个垃圾收集员呢？依然会源源不断地运来小山般的巨桶，一声不吭，好像仅仅为了满足他兽类般铁石心肠仅存的一丝虚荣心。

梦中，我反复醒来，无法动弹。我已无力像卡夫卡那样再记下点什么，被垃圾齐腰深埋，意识时断时续。我降生第一天耳畔响亮的呼唤还在回响：垃圾，垃圾，垃圾——

草莓之歌

有人说，革命靠腿，吃饭靠嘴，我呸！

典型的实用主义妄想综合分裂症。

草莓熟了，泪珠大的草莓脚下滚来滚去，那是你太熟悉又太陌生、与生俱来又与生俱往、爱恨交加的场景——

一粒粒草莓，一丛丛跃动的火焰。一个个逃出青春期的儿童，要逃向哪里？显然，黑暗是它们遗忘的格言，厄运是它们唾弃的足迹。深一脚、浅一脚，只为怀中持续燃烧的信仰，火一样的信念！

有人多少次呼唤你的乳名，你就有多少次新生！不然，你不会如此决绝、如此盲目，更不会如此视黎明如粪土，把未来当作一个不会返回的游戏，沿着一条条红色的轨道奔跑下去！

你憎恨足迹！那是侏儒证明自己的年轮！你热爱什么，又怎么说得清！但你不肯背叛生命的烈焰撑起的半个天空，剩下的半个天空就留给侏儒们挥霍吧！

看，有多少猩红色的梦呓，就有多少流亡的出口。你看见一个个不屈的影子，倒映在巨大的苍穹之上！他们一个个脸色铁青，一个个悲愤难抑，从未告诉你实用主义装配的鸟还可以展翅翱翔！

一粒粒草莓，一支支红色起义军。他们不怕失败，情愿以失败堆积更巍峨的塔楼，给予后来者更高的信仰！

那些涨得通红的呓语，到底来自哪个疆域？不能生就加速生吧！那些快活流淌的音符，一定是蔑视死亡与虚无的舞蹈！它们踩着死亡的鼓点，像是要欢庆一个节日的来临！它们如此强壮，竟给世界涂上五颜六色的面具！有一次呼吸一定就有一次新生的欢鸣，但首先是喷向实用主义的浓痰，我呸！

哦，火！诸众！无名！烧黑半个天空的信仰！

你终究会有一个名字！

如何避免向死兔子倾诉衷肠

——观博伊斯《如何向死兔子解释绘画》

"艺术是无害的乌托邦"！

博伊斯欲建立一座尘世的艺术乌托邦——其中，人如垂死之物，奄奄一息，弃置于冰冷、荒凉的大地之上。飞来飞去、大眼睛的天使幻象从人的视网膜彻底消失，偶尔滑过人类脸颊的泪水误以为是上帝对人间的垂青。向大地回归仍使人梦萦魂牵，但大地除了尸骸就是垃圾。死亡无时无刻不紧紧攫住一张张焦虑不安的脸。

《如何向死兔子解释绘画》：博伊斯涂满蜂蜜的黄金面颊，向怀中死去的兔子倾诉衷肠，絮絮叨叨，三个多小时。他试图以一种神秘之力唤醒怀中已僵硬的肉体。无法承受的艺术之重！当上帝之躯已腐朽一百多年，当乡愁之根冒出的只有汩汩污流，人在死亡的重压之下难道仅仅只能忧伤、沉溺、倾诉、指控？博伊斯慈悲的泪水昼夜倾泻，也难以冲刷掉人类面庞的层层污垢，更难以使他们复活！

让死亡在死亡中发酵！让死亡在死亡中觉醒！让死亡与死亡手挽手，一起凝视并不存在的黎明之窗——看，天下没有资产的人已联合起来，他们正越过死亡的围栏，冲向陌生的领地！

艺术不是避难所，而应成为解放的策源地！

博伊斯的艺术避难所已风雨飘摇，千疮百孔。艺术不可能再提供人性的可安慰之物！在它喧嚣不安的筵席上，恶的使侍者来回穿梭，端上一盘盘黑色的恶之结晶物。

　　兔子已死！兔子已死！

　　千般衷肠，空无一物，一再重复：出走吧，出走！

　　死亡巨型机器旁，只留下一个巨大的叹号！

　　捣毁艺术乌托邦！全世界无产者联合起来，全世界无产者联合起来！艺术不再是恶的侍者！在死亡的囚笼，让天使、乡愁和你一起鼓动巨大的风箱：让死亡的烈焰燃得更高，直到烧黑它的躯干，直到囚笼解体！

完美的坟墓拿什么来证明

蚂蚁不会吃草，野鸡不会跳舞，坟墓完美，以何证明？

哦，孩子，它不需要证明！跺一跺脚就明白！

天堂也没有坟墓如此完美！看，穹顶全是眨着鬼脸的塑料星星天使。只要你招招手，它们就会蜂拥而来，除草、喂奶、捶背，直到你佝偻不堪，再也不会抬头或渴望什么。

再跺跺脚，孩子，你就会明白，脚下只有死亡铸造的铁毡！你曾想拼命扎根，在坟墓里开花结果，但一切都是徒劳。坟墓岂能容许活物的存在！但你还是努力扎呀扎。如果没有根，你如何立足，如何呼吸，又如何挨过这死气沉沉的漫长时光。你的躯体已长满须根，毛茸茸的根，飘浮在空气中，只能呼吸死亡的气息而存在。这难道不是诸多现代主义者一直秘而不宣的咒语！

那么，谁是坟墓的主人？哦，它不需要主人。只有死亡才能管理死亡。只有死亡才是自由最后才肯翻的那张牌！只有死亡才能绽露出如此亲切、和蔼、迷人的面庞。它把所有自由交付与你，但你知道，自由早被死亡的露水层层包裹！

哦，孩子，它不需要证明！那么说说你滞留此地的理由！

蚂蚁不会吃草，野鸡不会跳舞，但你心中的小马哒哒，一直在路上，从未在任何地方停留！

完美的坟墓从来不需要证明！只有死亡才能证明死亡本身！你被长久地抛入这里显然不是你的意愿。你是一个过客，一个滞留于坟墓的观光客。但你会离开，因为你了解死亡的全部秘密。只有你才会挥舞死亡锻造的长剑驱赶小马哒哒逃离此地！

小马哒哒！完美的坟墓不需要证明！

你会看到真正的苍穹满天星斗。星星扑闪着黄金的眼睛，告诉你——创造你的舞蹈吧，把生命的祝福倾泻成银河般的交响曲，再把你的根扎入温暖的泥土，只有大地的双臂才会把你牢牢拥在怀里！

小马哒哒，离开这里！

想想，死亡大夫
——对2.19日梦境的记录

想想，无边的旷野，你周围都是担架，担架上都是奄奄一息的人。想想，你就是那个死亡大夫，只剩下一副骨骼咯吱咯吱巨响，被担架包围。

想想，担架上那些奄奄一息的人，除了死亡没有什么值得等待，除了等待没有什么值得等待。他们曾经喧嚣动荡的头颅此刻全都安静下来，即使你已经到来，近在咫尺。想想，即使你只剩一副骨骼也没有放弃，即使你被死亡包围也没有放弃。那些过早放弃了希望被死神提前掳掠的人，此刻该多么妒忌，你还能看到他们不肯闭合的双目！

想想担架，想想寂静担架上的他们，一生都干了些什么。他们曾经热爱的生活不再热爱他们，他们曾经诅咒的死亡其实早就与他们并排躺在一起，他们甚至一出生就被担架抬走等待死神去检阅。想想你，死亡大夫，能够与你相伴的只有死亡，能够依靠的只有死亡！你已没有头颅，对不起。想想，那个头颅内燃烧的烈焰已经渐渐熄灭，此刻只剩一堆寂静的灰烬。对不起，你已不需要它们！

想想担架上的他们，还要沉睡多久才能被你带走，你不知道。想想地狱的三根支柱——欲望、虚无和死亡，如今拴在一起化作烈焰熊熊烘烤他们也不会醒来，你就必须离开！想想你，死亡大夫！想想死亡曾经被你唾弃如今却是你的天使，想想死亡曾经被你刻意回避如今却是唯一的武器，想想死亡曾经是你变形的面具如今却是你不得不吞噬的废料，你就不得不离开！

想想，死亡大夫！无边的旷野只有担架，担架上只有死亡，曾经咆哮不止的你——一个残疾的巨人，如今必须把死亡作为唯一的病人一起带走，那么你该怎么办？

在机器旁

你是机器旁的一粒卵。

你必须死死扳住机器的一只脚才能活下来。

四周永远亮如白昼，光线毫无变化。人群如流动的沙时聚时散，日日重复着单调、雷同的音节，这噪音使你恹恹欲睡。

但你不能睡。睡眠意味着死亡。你新鲜的嘴唇刚吐出第一口呼吸，一切既陌生又熟悉，仿佛你已出生几个世纪。

躯体下坚硬如铁，你拼尽全力也难以扎根。机器隆隆驶来，运来孩子，又隆隆远去，只留下沙哑、苍老的歌谣：谁杀了知更鸟/是我，麻雀说/用我的弓和箭/谁看到他的死/是我，苍蝇说/用我的小眼睛/谁取走他的血/是我，金鱼说/用我的小碟子/……

难以扎根的你，必死无疑。

空气黏稠、燥热，凝固了一样，嗓子像悬在半空的死鸟，半闭半开。躯体仿佛渐渐被溶解，眼睛飞走了，胳膊飞走了，双腿飞走了，只留下咚咚咚狂敲不止的心脏。

你是机器旁的一粒卵。

你必须死死扳住机器的一只脚才能停下来，喘息片刻。

但你无法扎根，在死与生之间的罅隙犹疑不定。

但你就要闭上眼了。眼前金星四溅，你还在忧虑被孩子歌咏的那只知更鸟——是那只鸟已经死亡？还是大地已经死亡？你梦见自己被一阵狂风席卷而去，吹向一个遥远、陌生的地方，在天上群星的监视下！

寻 找

　　一粒黑寻找另一粒黑，黑皮肤的姐妹思念黑眼睛的兄弟。

　　一只黑色的手掌寻找另一只黑色的手掌，掌心只有结晶的冰，谁能安慰谁?

　　一张黑色的嘴寻找另一张黑色的嘴，黑色的石头向黑色的石头呕吐不止。

　　一个黑色的父亲寻找他黑色的儿子，父亲是火，儿子是自杀的钢。

　　如果你是飘过的一朵云，最好悬崖勒马——

　　你的故乡叫哑巴。

　　你的母亲是太平洋。太平洋已经干涸，母亲卧床不起。

　　如果你还有工程师的天赋，请打好三个柜子——

　　一个装满草药；

　　一个装满语言；

　　还有一个，留给黑色的水手。

　　如果你碰巧是一副脚镣，就紧紧锁住：

　　黑着脸的父亲、吹黑色泡泡的儿子，还有长跪不起的僧侣，

　　直到一场烈火把他们的记忆烧个一干二净。

活着的人不需要解释

活着的人不需要解释，因为他们的存在那么远，那么远！

那么远，那么远，仿佛他们不再存在，仿佛他们必须以一种非人的存在来证明不存在。他们如此稀薄，如此遥远，仿佛不在这个星球，完全可以抹杀，完全可以回避，完全可以当作一桩人间丑闻来祛除。

那么远，那么远，仿佛他们不再活着，仿佛活着必须要以死亡才能够来证明。如果靠近，一定会惊扰他们，一定会消失得无影无踪，因为他们不需要任何证明。如果一定要叫出一个名字，就必须抹除任何名字，前世的，今生的，仿佛他们只是一阵无名的风，如此沉默，如此拒绝，如此艰难。

那么远，那么远，仿佛他们黑色的背已完全可以支撑一个天空。在那个天空下，非理性的雪飘了一个又一个世纪，落满他们的一生，完全可以辨认他们，告慰他们，呼唤他们。而他们一如往常地吃饭、睡觉、工作、享乐，完全遗忘了还有另一个尘世，另一重生活。

那么远，那么远，仿佛他们已抵押了足够多的幸福才如此决绝。他们如此喧嚣地活着，如此挥霍地活着，如此任性地活着，仿佛人类的面孔再也刻不下第二个字，仿佛闭上眼就再也不会醒来。他们孤注一掷，拼命抓住每一粒尘土，每一句誓言，每一个鸽子，每一具肉体，仿佛生不过是一场没有结局的饕餮欢宴，只剩一个硕大无比的动作。

　　活着的人不需要解释，因为他们从未这样远，这样远！

对薛振海作品的评论

诗歌评论家燎原：在当下的流行诗歌语境中，薛振海笔下大量的文字和意象都显得来历不明，恍若黄昏的"时代低洼处"涌起的蝙蝠，既乖张诡异，又带着莽撞凌厉的冲击力。而在这幅图像的背后，依稀可以看见另一个世纪的暮色中，那些闪电般抽搐的魂灵：波德莱尔、尼采、卡夫卡、鲁迅……

"在时代的低洼处，我们还没有能力认出自己。我们诅咒着，吐着唾沫，说着废话，冲最后的自己投掷标枪，只有极少数人把脸扭向天空。"而这样的写作，既是冲着自己投掷标枪，又同时把脸扭向天空。写作由此弃绝了常轨，直接与"耻辱的美学"相抗衡。

诗人马永波：薛振海的诗长于从具体事物的细节出发，上升为某种理性的思考。这些思考不同于以往的抽象哲学，而是多处于进程之中，亦即我们在享受这些哲思的同时，又不会失去事物具体可感的属性，那些光影、纹理、气氛、重量，都与他的思考不再可分。语言在抵达的途中会发生一系列的嬗变，形成动态与不断再生的态势，这种努力，承续了现代主义者弥合感性与理性二元分立的伟大目标。虽只限于语言层面，但语言乃思维之根，或可随时间而终至引发人类致思方式，乃至世界本身的革命性变迁，此为诗人明知不可为而为之的大勇。诗绝不仅仅是诗，它是语言内部的担承与责任，绝不仅仅是修辞的本体化，它也许就是命运和时间本身。从薛振海的诗歌实践中，我们依稀还可以回顾一个业已失落的天国，以及某种急切的责任。

诗评家周理农：薛振海是一个有着强大的精神机制的诗人，在他的诗里，事物经历着各种错误关联的配置，而这些关联，也被称之为我们这个时代的黑暗。在这里，薛振海是一个在我们所有人的共同黑夜里穿行的诗人。在我们这个时代的黑暗中，一方面人们因为无望而作恶；另一方面，一种因善而饥的语言冲动，在黑暗中照亮了黑暗。在什么都无法救赎的情况下，这种黑暗对黑暗自身的照亮，成为人们在未来里唯一还保有希望的创造，这就是薛振海的诗歌对我们的意义所在。

诗人金汝平：作为志同道合并肩战斗的精神兄弟，我见证了薛振海日复一日精神上的茁壮成长，以及现代诗书写技艺的日趋精湛。贪婪的阅读让他的视野扩张到广阔的地平线，形形色色、五花八门、古今中外的杰出文本作为甜美又剧毒的精神食粮哺育了他，相当刁钻又独特的审美品位在许多人看来既高拔又褊狭。但我们不能否认，就是这种品味以及由它引爆的才华无形之中构建了独具一格的诗人。就是这种品味促使他站在现代与后现代的交叉点上进行了勇敢又决绝的美学突围，写下了《巨鱼报告》中一系列虚无又狂暴、不可思议又惊心动魄的文本。